# 詩集
# もっとほんとうのこと

金子つとむ

東京図書出版

全国津々浦々のどこかの街角に立って、プラカードを掲げる
ＦＢ全国スタンディングの仲間たちに、この詩集を捧げます。

## 詩集　もっとほんとうのこと　目次

## Ⅶ 2022年



## Ⅷ 2023年

# Ⅰ　２０１６年

## だいたいそんな順番で

夏の朝
まだ暗い内から啼きだすのは
我が家の燕です
いま抱卵の最中です

目覚めた燕が
啼いているのは
嬉しくて
それとも自己主張？

やがて
雀の声が聞こえてきます
ちゅんちゅんと一頻り
思いがけず
力強い声です

いつも不思議に思うのは
体に似合わぬ鳥声の大きさです
雀がいなくなると
遠くで雉鳩がぼんやりと
啼いたりします
そして河原鶸の鈴の音

いちばん最後にやってくるのは
鵯や椋鳥
こちらはあまり綺麗な声では
ありません

夏の朝
だいたいそんな順番で
鳥たちの声が聞こえてきます
おやあの声は――
ツツピーツツピーツツピー
四十雀です

四十雀が独特の節回しで
啼いています

夏の朝
だいたいそんな順番で
ときどき珍客があったりして
鳥たちの声が聞こえてきます

神様のくれた
メロディー

2016.7.3

## 立てる像

松本竣介という画家に
立てる像という絵がある
長身の青年が
コンパスのように脚を広げて
大地にすっくと
立っている

背景の２／３は黄みがかった
夕暮れの空
青年はまるで巨人のように
その空を負っている

青年は作者自身
全身黒ずくめ
着古した上衣には金釦が四つ
胸ポケットにも
同じ釦がついている
拳は軽く閉じられ
青年は
無表情に右前方を
見つめている

青年の背後に
大地に貼り付くように
描かれた街並
戦禍をくぐった街であろうか
よく見ると
夕闇のなかに
遠ざかる二人の男

一人は荷車を引いている
一匹の野犬が
道を横切る

戦争は
まだ続いているのだろう
青年のうつろな
表情からは
何も読み取ることはできない
中学のときに
聴力を完全に失ってから
青年は音のない
世界に生きているのだ

しかし
人間の愚かさを
人間の哀しみを
ぜんぶ知り尽くして
それでも
青年は立っている
そんな風に
わたしには見える

問題はきっと
わたしたちの心の有り様だけ
なのだろう

たとえ政府がなんといおうと
たとえ周りがどうあろうとも
もっともっと考えよう
考えて考え抜いて
自分の考えで
立てる人間になろう
立てる像が
そんな風に
わたしを叱咤する

松本竣介は
反骨の画家である
戦意高揚のために
筆を執ることを
潔しとしなかった
空襲が激しくなると
絵具とカンバスを庭に埋めて
彼は生き延びた

ときおり
画集を繰ってみる
タイトルは
花・花・花
どの花も頁いっぱいに
己を主張する
紅いのはバラだろうか
黄色いのはミモザだろうか
まるで花のいのちが
ふりそそいでくるようだ

戦争末期
個人の意思などあってはならないもの
とされた時代を――

戦後三年を生きた
竣介は
昭和二十三年
三十六歳でこの世を去った
仁王のような
意思を残して――

2016.7.25

## 眼

私は長い間
三岸節子という画家は
花のいのちを捉えようとしたのだ
と勝手に解釈していた
それは
間違いではないかもしれない
しかし
あるとき児童画展を観ていて
ふと気づいたのだ
子どもの描く母親の顔が
あんなに大きいのは

三岸節子という画家の
花の絵が好きである
何故だか分からない
だがいつ観ても
この好きという気持ちは
変わらない

ただそう見えているだけ
ではないかと――
ひょっとしたら
三岸節子にも
花はああいうふうに
見えていたのではないかと――

後藤夜半という俳人は
箕面の滝を見上げて
滝の上に水現れて落ちにけり
と詠んだ
彼には
滝の上に現れた水の
その水の塊だけが
ふと眼に止まったのではないだろうか

絵も俳句も技巧だけではない
その前に眼がある
その眼こそ
作家を作家たらしめる
その眼こそ
私たちを私たちたらしめる

その人ならではの眼が
この国を
この世界を見続けている
けっして
同じものを
見ているわけではないのだ
――

2016.8.18

## 挨拶

寒い冬の朝
早起きの近所のおばさんに
いつも挨拶して通ったものだ
ここは建売住宅地

真冬の通勤は
日の出前に家を出る
きっかけはこちらから
そのうち

むこうからも
挨拶してくれるようになった

おはようございます
わたしの吐く息が白い
おはようございます
おばさんの吐く息も白い
寒いですね
いってらっしゃい
いってきます
鸚鵡返しのような
たったそれだけの挨拶――

そういえば
おばさんが初めて
いってらっしゃいと言ってくれたのは
いつのことだったか
毎朝
挨拶を交わすだけの
おばさんである
いってらっしゃい

寒い朝
おばさんの言葉が
心にぽっと火を点す
おばさんの姿が見えない朝は
ちょっとさみしい

2016.8.25

## アメリカンインディアンの教え

アメリカンインディアンの教えに
次のような一節があります
あなたがもし
ものごとを循環として見るなら
そしてご自分の子どもたちのことを
心配しているなら
それがすなわち
あなたが常識にもとづいて
行動し始めたということです
アメリカンインディアンにとって

大地は子孫からの借りものです
それ故
何事かを決めるときには
それが７代先の子孫にどんな影響を及ぼすかを
予め考えるのだそうです

１世代を30年とすれば
７代先は２１０年先になります
もしわたしたちが
２００年先の子孫のことを見越して
原子力政策を考えたら
どうなるでしょう

低レベル核廃棄物の
管理年数は３００年
高レベルともなれば数万年
そんなことを
相談できない子孫を差し置いて
わたしたちが勝手に決めてしまって
いいのでしょうか
あまりにも
無責任ではないでしょうか

かつての日本人は
魚でも山菜でも
毎年自分たちが戴く分を
わきまえていました
そうすることで
持続的な採取が可能だと
知っていたのです
そうやって
海や山の恵みを
子孫へと引き継いできたのです

放射能で汚染された海の魚は
いつになったら元に戻るのでしょう
汚染された森の山菜や茸は
いつになったら元に戻るのでしょう
放射能の許容レベルをゆるくして
ただ食べられるように
しているだけで
もはや昔の魚
昔の山菜や茸ではないのです

わたしたちは

祖先が残してくれた
福島の大地を
福島の海を
子孫へ引き継げなかったのではないでしょうか
福島の原発事故を直視し
その意味を見据えたあとでなければ
わたしたちは
けっして前へ進めないはずです

原発の再稼働を認めることは
核のごみを増やし続けることを
黙認することです
未来の子どもたちへの負担を
際限なく増やしていくことを
容認することなのです
そう気づいたら
もう原発を止めるしかありません
わたしたちも常識にもとづいて
行動しませんか
わたしたちの子孫のために
アメリカンインディアンの
教えのように――
かつて
日本人が
そうだったように――

2016.8.29

## ライターと原発

ずいぶん昔
煙草を吸っていた頃
百円ライターを愛用していました
あれは何時のことだったのでしょう
ライターの着火部が
急に重くなったのは――

たしか
幼児によるライター事故が起きた
直後だったのではないでしょうか
製造物責任法（ＰＬ法）によって
メーカーの責任が問われたからです

たった一個の百円ライターにも
メーカー責任があります

ところが
あれほどの大事故を起こしながら
原発メーカーは
一切責任を問われることはありません
原発はＰＬ法の対象から
除外されているのです
その理由は何なのでしょうか
他にもＰＬ法対象外の製品は
あるのでしょうか

原子力損害の賠償に関する法律
の第４条３項には
原子炉の運転等により生じた
原子力損害については――
製造物責任法の規定は適用しない
とあります
もちろん法律ですから
その理由は一切書かれていません

そして適用外は
なんと原発だけなのです
一人の幼児が誤って
着火してしまった
ライターの製造物責任は
問われるのに
何万人いや何十万人もの人々の
生命や財産を侵害する
原発の製造物責任は
どうして問われないのでしょう

確信をもっていえることは
メーカーは
原発が壊れる可能性があることも
事故が起これば
一社では手に負えないほどの
甚大な被害になることも
予め
分かっていたということでしょう
そうでなければ
除外する必要など
端からないのですから――

ライターと原発
この国は
あべこべだと思いませんか
なんだか
狡いと思いませんか

2016.9.7

## 蛍の記憶

わたしのなかに
一枚の写真のような
ワンシーンだけの記憶がある
蛍が飛び交うさまを
少年のわたしが
ずっと見上げている

わたしの家から
沼へ続く田んぼのなかで
少年のわたしが
こころ躍らせながら
その光の乱舞に
見惚れている

あれは小学校に上がる前
だったのだろうか
もしそうなら
1950年代である
父母がすでに他界した
今となっては
確かめる術もないのだが――

隣に誰かいたのか
どんな服装だったのか
どんな匂いがしたのか
不思議と思い出せない
ただ
濃藍色の闇のなかに
まるでこの世のものではないかのように
光を曳く蛍たち

わたしが蛍の記憶を

ずっと止めてきたのは
何故なのだろう
60年経った今でも
かすかによみがえる
あの一夜の
こころ躍り

いのちの不思議――
あれは
幼いこころを捉えた
鮮烈な
いのちの不思議だった
のではあるまいか

小さな蛙を捕まえ
足の水掻きから皮を剝ぎ
それを餌にザリガニを釣るような
野生児のような
少年たち
わたしもそんな一人だった
みおと呼ばれる田溝も
沼も川も
わたしたちの遊び場だった

いのちの不思議――
あれは
そんなわたしが
初めて
いのちの尊さに触れた
瞬間だったのでは
あるまいか

それから
ほどなくして
田んぼから蛍は消えた
大人たちは
農薬のせいだ
いや
新しくできた染料工場の排水が
沼に流れ込んだせいだ
などと噂した

しかし
原因はなんであれ

蛍は
わたしたちの前から
消えてしまった
永遠に――

わたしのなかに
一枚の写真のように
今も残る
蛍の記憶
蛍のいのちを踏みにじって
わたしたちは
ほんとうに
豊かになったと
いえるのだろうか

あふれる喜びをもたらす
豊穣な自然
いのちの不思議の息づく
森や川や野原
豊かさはもはや
わたしたちの記憶のなかにしか
ないのだろうか

今地球上では
一年に4万種もの生物が
絶滅していると
いわれている――

2016.12.12

# 黒い海

路地の向こうに
怒濤逆巻く鉛色の海が
広がっていたとしても
人は驚かないだろう
どんなに荒々しくても
それは
どこか
見覚えのある風景――

忽然と人が消えて五年
福島の大地を捉えた
中筋純さんの

『かさぶた』という写真集を開くと
真っ先に飛び込んでくる
一枚の写真
そこにあるのは
どこにもない海――

山と積まれたフレコンバッグが
津波のように
路地の入口まで
迫っている
ありふれた路地の向こうに
まるで非現実のように
唐突に
ある
黒い海――

そのフレコンバッグに
押し込まれているのは
汚染された
ふるさとの土だ
いのちを育んできた
ふるさとの土だ

その土には
どれほどの人の汗が
沁み込んでいることだろう
それが今
はち切れそうに膨らんで
規則正しく並べられ
積み上げられ
日を浴びて
ところどころ光っている

福島第一原発事故後の
怒濤のような除染作業によって
表土は剝がされ
袋詰めされ
集められた――
そして至るところに
黒い海が出現した

この黒い海を
心を強くして直視することこそ
今のわたしたちが
やるべきことではないのか

それが出現した理由を
その経緯を
そして
この海の意味を
真っ先に問うべきではないのか
この黒い海から
わたしたちの暮しを
豊かさとは何かを
わたしたちの未来を
再考すべきではないのか

テレビのチャンネルを変えるように
それを
オリンピックの
カラフルな色へ
切り替えてはいけない
その黒い海は
いまも
厳然として
路地の向こうに
あるのだから――

＊（写真集）『かさぶた』中筋純著　東邦出版　2016.11.19

## 生きたことば

フーテンの寅さんが
寺男役の佐藤蛾次郎さんに向かって
「相変わらず、お前は馬鹿か」
そんな台詞を投げかけるシーンがある
すると
それを聞きつけた寺男が
さも嬉しそうに
寅さんのもとへ駆け寄ってくる

寺男は何故そんなに
嬉しかったのだろう
それは紛れもなく
自分自身へ向けられたことば
そして
そんなふうに言ってくれるのは
幼なじみの寅さん以外にはありえない

からではないだろうか

生きたことば
それは
まさに寅さんの思いの詰まった
生きたことばであったろう
さしずめ
相も変わらず馬鹿なお前だが
俺らはそんなお前が元気でいてくれて
ほんとうにうれしいよ
そんな意味だったのだろう

わたしがサラリーマン生活で
歯がゆい思いをしていたのは
そこで交わされることばが
生きたことばではなかったせいだと
今ごろになって
つくづく思うのだ
会社人間
わたしたちは
いつのまにか
組織のなかで
自分の役どころをみごとに演じている
役職というではないか
自分の本心など
端から言ってはいけないし
言う必要もないのだと
思い込んでしまうのだ

そんな場所で
ほんとうに生きたことばを交わすことが
果してできるのだろうか
「させていただきます」という
物言いがずいぶん前から
気になっている
自分も知らずに使ってしまう
大人の会話とでもいうのだろうか
そんなにも
遠慮し
忖度し
わたしたちはいったい
どこへ行こうというのだろう

フーテンの寅さんは

とらやに帰ってくると
決まって問題を引き起こす
寅さんと
周囲との齟齬が笑いをもたらす
寅さんはいつだって
少しはみ出している
寅さんが懸命に
生きたことばを話せば話すほど
周囲からは
怪訝な顔をされるのだ

「相変わらず、お前は馬鹿か」
そう話す寅さんの顔は
ほんとうに嬉しそうだ
寅さんこと渥美清さんは
風天というペンネームで
俳句を作っていた
ゆうべの台風どこに居たちょうちょ
蝶々に投げかけた
渥美さんの
生きたことばである

2016.8.28

# II　2017年

## 寄り添う人

近所の公園で
立ち話するお母さんたちの周りを
きゃっきゃいいながら
子どもたちがかけ回る
安心しきって
はじける笑顔――

もし誰かが転んだら
お母さんは話を止めて
さっと駆け寄るだろう
立ち話しながらでも
いつも子どもを
見ているのだ

だから
寄り添うというのは
口でいうほど簡単じゃない
そんな大変なことを
お母さんたちは
平然とやってのける

ぼくは
どうせなら総理大臣も
そんなお母さんのような人が
いいと思う
寄り添うというだけなら
何度でもいえるけど
実行するのは
大変だから――

2017.10.24

# お母さんの仕事

玄関を出たところで
お母さんが
隣のおばさんと立ち話をしている
どうやら彼これ一時間は
続いているようだ
ったくもう
お喋りなんだから
そんなふうに思ったことは
ないだろうか

とんでもない
誤解である
お喋りは心のマッサージ
ときどきああやって
話をすることで
互いの心が解れていくのだ
気心が知れてくるのだ
広い地球の片隅で
縁あって隣同士になったのだ

この国はへんな国である
遠い国と仲良くして
近隣の国とは
ちっとも仲良くしようとしない
いってみれば
お母さんの仕事も
国の仕事も
同じようなものじゃ
ないだろうか

お母さんは
家計をやりくりし
ごはんを食べさせ
子どもたちを
一人前に育てあげる
隣のおばさんとお喋りするのは
あれはいわば
お母さんの外交なのだ

それをこの国では
隣の国とお喋りもしないで
一〇〇〇兆円もの

借金があるというのに
石垣や宮古島にミサイル基地を造って
いがみ合おうとしている
それを抑止力というのなら
お母さんたちは
せせら笑うだろう
喧嘩しない一番の方法は
挨拶することだ
お喋りすることだ
仲良くすることだ
お母さんたちは
先刻ご承知なのだ！

お腹を痛めた
お母さんの心
いのちを生み出した
お母さんの心
もし
お母さんの心で
政治が行われたら
この国はぐんとよくなるだろう
もし
どこかのお母さんが
総理大臣になったら
この国はずっとずっと
よくなるだろう
お母さんは
子どもたちが
大好きなのだから——
家の子どもたちも
隣の子どもたちも
2017.3.4

## まっさらな日

今日の空が
生れて初めて出会う
まっさらな空だ
ということを忘れて
人は生きる
類型のなかに
埋もれて——

今日という日が
生れて初めて出会う
まっさらな日だ
ということを忘れて
人は生きる
日常は繰り返しだと
勘違いして――

だから
ひとは知らないだろう
わたしが
たった今
東の空に輝く
彩雲を眺めていたことを

だから
ひとは知らないだろう
この町は
雲雀野で
駅までの道すがら
三つの雲雀が啼いていたことを

だから
ひとは知らないだろう
そのうちの一つが
たった今
雲間の真っ青な井戸で
溺れそうになっていたことを

今日という日が
生れて初めて出会う
まっさらな日だ
ということを
すっかり忘れて
人は生きる
いつの間にか
退屈という衣を纏って――

2017.8.24

## ある日の会話

夕ご飯のハヤシライスを

一口食べて
美味しいと大きな声を出したら
小学生の娘にたしなめられた
大袈裟だよ

でもママにお世辞なんか
いう必要はないだろう
バードウォッチングで
ずいぶん歩いたから
夕ご飯がとても美味しいんだ
そうはいってみたものの
娘はふーんと素っ気ない

それでふと思ったのだ
幸せになるには
二つの方法があるんじゃないか
美味しいものを食べるか
美味しく食べるか
住井すゑさんの童話に
世界中の美味しいものを
食べ尽くして
もっと
美味しいものを食べたいという
太った王様に
汗を流してみっちり働いてもらう
という話がある

家族が集まって
ゆっくりと食べて
互いの話をたっぷりと聞く
そんな当たり前のくらし
時間という調味料も
幸せには
欠かせないだろう

スローライフ
スローフード
最近は
スローニュース
というのも
あるらしい
それにもう一つ
わたしは提案したい
スローシンキング

結論を急がないでゆっくりと
考えること
ずっと
考え続けること――

そうだ
おなかぺっこぺこなんて
最近言ったことがないだろう
どうだ
娘よ
ふーん
やはり返事は素っ気ない

2017.2.27

## 忙しさの罪

もしあなたに
何か気がかりなことがあって
いつもそのことで頭がいっぱいで
目の前の相手のいうことも
どこか上の空で
生返事ばかり繰り返していたら
あなたは
ここにいないも同然です

いまここにいるということ
いま食べているものの味が
ちゃんとわかるということ
いまここにいるということ
話し相手のこころの動きまで
思いやれるということ
いまここにいるということ
いまこの時間こそが大切だと
信じられるということ

そうやって
人生を味わうことができたなら
人生はいつも
満ち足りた豊かさを
プレゼントしてくれるだろう
けれど
いつもいつでも

いまここにいることが叶わないほど
忙しくしているのなら
きっと
人生はあっという間に違いない

忙しさの罪について
そろそろ気づかなくては
いけない
わたしのように
定年後になって
やっと
気づいて欲しくはないのだ
子どもと遊ぶ時間
人と語り合う時間
だれかといっしょにいる時間を
端折ってはいけない
エンデもいっているではないか
時間を節約してはいけないと——
わたしたちの人生は
かけがえのない人と過ごす
時間の総量
なのだから——

時間を売って
得たお金で
売ってしまった時間を
買い戻すことが
できるだろうか
いまここに生きている
一瞬一瞬がまさに
奇跡の時間
あのホセ・ムヒカさんも
いっている
働き過ぎなんだよ
日本人は——

2017.10.5

## 政治の話

子どもが教科書の
音読をしています
どうやら政治の話のようです
政治家というのは

お金の使い方をきめる人です
ほう
思わず手を打って
しまいました
ちなみに広辞苑では
政治にたずさわる人
政治的手腕があり
かけひきのうまい人
だそうです

わたしが納めた金額より
桁違いに大きいので
ピンときませんが
あのお金はみんな
わたしのお金
あなたのお金
わたしたちのお金です
政治家に預けた
わたしたちのお金です

だから
その使い方に注文を
つけられるのは
きっと
わたしたちだけなのでしょう
あれはとられたお金じゃなくて
預けたお金――
ちゃんと使って欲しいと
託したお金

子どもが教科書の
音読をしています
どうやら政治の話のようです
政治家というのは
お金の使い方をきめる人です
ほう
わたしたちはそれを監視する人です
ほほう
わたしは
ひそかに考える
監視するには
やっぱり賢治のあの詩だな
アベニモマケズ
カケニモマケズ

アラユルコトヲ
ジブンヲカンジョウニ入レズニ
ヨクミキキシワカリ
ソシテワスレズ
――
市民が政治を
コントロールできなきゃ
民主国家じゃないんだな
――
2017.10.24

## 一茶と原発

一茶は
根っからの苦労人だ
十四歳で信濃から江戸へ
奉公にでている
だから
小さき者の痛みが
よく分かるのだろう
やれ打つな
蠅が手をすり
足をする

一茶は
権威がきらいだ
やたらにへりくだりもしないし
見下げたりしない
だから
物事の本質が
よく見えていたのだろう
雀の子
そこのけそこのけ
御馬が通る

一茶は
人一倍子煩悩だ
いのちがいとおしくて
たまらなかったのだろう
だから
子どもの仕草を

よく観察している
露の玉
つまんで見たる
わらべ哉

一茶が
今生きていたら
あんな恐ろしい原発はいらないと
きっと思うだろう
なにしろ一茶は
子どもたちが
大好きなのだから
雪とけて
村一ぱいの
子どもかな

2017.9.8

## 夏の宿題

裸で生まれた赤ん坊は
様々な服を身に付けながら
育っていきます
考えるということは
自分がどんな服を着ているのか
知ることです
自分の体に
自分の心に
どんな服を着せているか――

その服が
自分で着たものか
誰かが着せてくれたものかを
知ることです
教育は
人々に同じ服を着せることが
できます
かつて
そんな時代がありました
カーキ色の国民服を着て
心の奥まで染め上げられて――
たった七十年前のことです

考えないでいると
自分がどんな服を着ているか
着せられているか
知ることができません
この夏は
峠三吉の
あの『原爆詩集』を
最後まで
目をそらさずに
読んでみようと思います
それが
わたしの
夏の宿題です

2017.7.13

*『原爆詩集』峠三吉著　岩波書店

## コスタリカ賛歌

ある本のなかに
次のようなエピソードが
紹介されていました
とある都会の
大きな公園で起こった
お話です

そこには
マンゴーの大木に守られて
たくさんのリスが
住んでいました
幹を走ったり
枝を飛び移ったり
木の実を食べたり——
リスのしぐさは
とても愛らしいものです

作者が
一匹のリスを眼で追っていると
あろうことか
枝を移り損ねて
地面に落ちて
気絶してしまったのです

ベンチで話し込んでいた
三人の婦人が
いちはやく
それに気づきました
すぐさま駆け寄ると
ひとりが公衆電話で何処かに
知らせました
すると暫くして
獣医らしき男が現れました

獣医はすぐさま
紙筒をリスの口につけ
人工呼吸を始めます
居合わせた
もう一人のひげの男が
二本の太い指を
リスの胸に押し当て
心臓マッサージを始めます
やがて警察官もやってきます
周りには
いつの間にか大勢の人だかり
マンゴーの木には
仲間のリスたちも
集まっています

みんなが息をつめて
見守る中
獣医がおもむろに
かばんの中から取り出した液体を
ふりかけると
リスは息を吹き返しました
一斉にあがる歓声
子どもたちは
顔を見合わせて喜んでいます
獣医が
リスをそっと
警察官に渡しました
警察官は
大きなマンゴーの木の股に
返してやりました
あとはリスの仲間がなんとかするだろう
といいながら――

なんてすてきな人たちだろう

作者の児玉房子さんが
書かれています
まるで
夢のような時間だったと――
本のタイトルは
『コスタリカ賛歌』

コスタリカには
人権はもちろん
きっと
動物権も鳥権も虫権だって
あるのだろう
当たり前すぎて
誰もいわないけれど――

それにしても
とわたしは思う
一匹のリスに大人が六人
大人たちが
身をもって子どもたちに示したのは
いのちの大切さでは
ないだろうか

コスタリカは
軍隊をなくした国
戦争で一人の人間も死なせないと
誓った国
そしてそれを
あらゆる政策を通して
実践している国

戦争する国は
戦うことを教える
戦争しない国は
話し合うことを教える
その根幹にあるのは
いのちの重さ
ではないだろうか

――

2017.5.3

＊『コスタリカ賛歌』児玉房子著　草の根出版会

## コノ上何ヲ

コノ上何ヲ望ムノダロウ
モウ充分デハナイノカ
コノ星デハ
人間ガ
瞬ク間ニ増殖シ
恐ロシイスピードデ生物ヲ駆逐シ
互イニ憎シミアイ
殺シアイナガラ
ソレデモ尚
栄華ヲ争ッテイル

雌ヲメグル雄ドウシノ戦イ以外ニ
同ジ種族ドウシ戦ッテイルノハ
オソラク
人間ダケダロウ
シカモ動物ノ雄ドウシナラ
相手ガ死ヌマデ戦ッタリハ
シナイ

コノ上何ヲ望ムノダロウ
地球ヲ壊シナガラ
コノ上何ヲ望ムノダロウ
ヒトヲ壊シナガラ
コノ上何ヲ望ムノダロウ
愛ヲ壊シナガラ
コノ上
何ヲ
望ム
ノ
ダ
ロ
ウ
●

2017.1.9

## からすたろう

『からすたろう』という
絵本を知っていますか

ちびと呼ばれた
男の子のお話です
ちびは遠くの村から
何時間もかけて
その小学校に通っていました
けれども
先生がこわくて
何も覚えられません
クラスの仲間からは
しだいに
のけものにされて
いきました

やがてちびは
ひとりで遊ぶことを覚えます
ムカデやイモムシが
いつしか
ちびの友だちになりました
鳥の声や風の音が
ちびをなぐさめてくれました
みんなから
うすのろだのとんまだのと
いわれ
それでも
一日も欠かさず
ちびは通いつづけました

そうやって
ちびが6年生になったとき
こんどの担任の先生は
いままでと
少しばかりちがっていました
先生はちびの描いた白黒の絵を
壁に貼り出してくれました
ちびしか読めないような
習字でもちゃんと
貼り出してくれたのです
ちびは学校の裏山の
野ぶどうや山いものありかを
よく知っていました
花の育て方も
よく心得ていました
実は先生は
そんなちびに

感心していたのです

あるとき
だれもいない教室で
先生はちびと
長い間話していました
家のことや
ちびが好きなこと
そしてひょんなことから
ちびには誰にもまねできない
特技があることを知ったのです
そして
こんどの学芸会で
みんなに披露するように
すすめたのでした

さあ学芸会の当日です
ちびは前にでて
クラスのみんなと向き合いました
クラス全員の目が
不思議そうに
ちびを見つめています

そこでちびが始めたのは
なんと
カラスの鳴きまねだったのです

それはそれは
迫真の演技でした
赤ちゃんカラスにはじまり
お母さんカラス
お父さんカラス
うれしいときのカラス
村の家で不幸があったときのカラス
まるでほんもののカラスが
目の前にやってきたようです
子どもたちは
目をかがやかせ
そうだそうだとうなずきました
だれにも思いあたることが
あったからです

最後にちびが
特別の声で
クワーックワーッと鳴いたとき

子どもたちのだれもが
ちびの住む
山奥の一軒家を
まざまざと
思い浮かべたのでした

演技がおわると
先生は
6年間ちびがどんな思いで
学校に通っていたかを
みんなに話しました
子どもたちは
いじめてばかりいたことを思いだし
泣き出してしまいます
ちびは
いつもひとりで練習していたことを
やっただけなので
きょとんとしていました
先生の顔をみると
先生はにこにこしていました
それから
ちびをいじめる子は
ひとりもいなくなりました
それどころか
みんなは尊敬をこめて
ちびのことを
からすたろうと
呼ぶようになったそうです

『からすたろう』という
絵本を知っていますか
からすたろうは
ちびだけではありません
ほんとうは
子どもたちの誰もが
からすたろうなのでは
ありませんか

2017.5.18

*『からすたろう』やしまたろう著　偕成社

# 朗ら朗ら

朝
顔を洗っているときに
忘れかけていたことばを
急に思い出しました
そういえば
最近あまり見かけなくなったように
思うのです
朗らかなひと

朗らかには
明るい
広々とした
晴れ晴れとしたといった
意味がありますが
朗ら朗ら
というなんだか呪文のような
ことばもあって
思わず顔が
ほころんでしまいます

バードウォッチングを
しているときに
鳥が思わぬ近さまで
やってくることがあります
それはきまって
こちらがぼーっとしているときで
鳥たちも警戒心を
解いてくれるのでしょう

そんなとき
わたしはきっと
朗ら朗らしていたのではないかと
思うのです
フランシスコという聖人が
説教をすると
鳥や動物たちが
すぐそばまでやってきたといいます
鳥たちが
聖人の肩や腕に止まっている絵を
なんどか見たことがあります

そういえば

白い顎鬚をたくわえた
熊谷守一という
仙人のような画家は
鴉を肩に止まらせていました
張り合うわけではありませんが
蜻蛉ならわたしも
肩に止まらせたことがあります

朗ら朗ら
朗ら朗ら
二三度つぶやいてみると
なんだか楽しくなってきませんか
嘘だとおもったら
ご一緒に
朗ら朗ら
朗ら朗ら

黙っていると
なんだか滅入ってきそうな
こんな時代だから――
朗ら朗ら
さあご一緒に
朗ら朗ら
朗ら朗ら

2017.2.3

## 若者よ、投票に行こう！

もし仮に
有権者100人の選挙区に
2人が立候補するとしよう
100人のうち
40人はいつも棄権するので
投票者は60人だ

選挙に勝つには
31人分の得票があればいい
日頃から
政権政党のA候補は
31人の確保に余念がない
利益誘導も怠りない
いわゆる組織票である

彼らは何があっても投票にいく
A候補を推すことが
自分たちの利益に
直結するからである

結果的に
今回もA候補が当選した
投票率は予想通り60％
今回も
40人が棄権した
A候補は予定通り
31名分の得票で当選した

何故だろう
こんなことが
この国では当たり前になっている
これではいつも
たった1／3の意見が
選挙区の総意となってしまう
これでいいのだろうか
40人が棄権した代償といえば
それまでだが――――

この国では
投票率の高い年齢層への政策が
優先される
当然だろう
投票率の低い年齢層の政策を
いくら推進しても
票にならないからである
彼らの狙いは
政権の維持以外には
ないのだから

ところで
当選したA候補は
投票率アップ策を推進するだろうか
答えは否である
31名の組織票を持っているものには
投票率は低い方が有利に働く
もし投票率が50％なら
26名分の得票があればいい
31名の組織票でおつりがくるのだ

これを覆すには

投票に行くしかない
もし投票率が１００％なら
51名以上の得票がないと
当選できない
これが本当の多数決である
当然既存の組織票だけでは
勝てないから
Ａ候補も真剣になるだろう

選挙にいかないことの代償は
１／３が望む政策を
無条件に受け入れるということである
それがいやなら
選挙に行こう！
先ずは選挙に行くと
宣言するだけでもいい
そんな見えないバッジを
君の胸に
付けるだけでもいい
何かが動き出すかもしれない

GO VOTE!

投票に行こう
もし誰に入れたらいいか
分からなかったら
家族や友達と話してみればいい
政治のことを話すのは
ちっともかっこ悪いことじゃない
いつか分かると思うけど
暮らしはそのまま
政治なんだ

この国は
今大きな分かれ道にいる
いままで通り
戦争しない国でいるのか
戦争する国になるのか
若者よ
戦争になったら
真っ先に駆り出されるのは
君たちだ
GO VOTE!
投票に行こう
自分の一票で

自分たちの未来を
切り拓こう！

2017.10.15

## 雀の話

僕は鳥が好きで
わけても雀が大好きで
こんなことをいうと
きっと嗤われるだろうが
雀を少し
尊敬さえしている――
今は冬だから
葦原のそばを通ると
百も二百もあろうかという
雀のむれが
ぺちゃくちゃと
何やら話をしてる
それが
僕が近づくと
ひたと話を止めるんだ
もとより
僕には
雀に悪さするつもりは
微塵もないから
雀は逃げたりはしない
けれど
彼らが無音のまま
枯葦原の上に
浮いたり沈んだりするさまは
なんだか
夢を見ているようだ

雀はいつも
元気なのがいい
わいわいがやがや
やっているのが
いかにも幸せそうだ
天気のいい日の日暮どきには
どこからともなく
一本の枯木に集まって

夕日を見ながら
いつまでも
ぺちゃくちゃやっている
まるで今日一日を
惜しむみたいに――

むかし
北海道の鶴居村に
丹頂の話の分かるおじさんが
いたそうだが
僕にもいつか
雀の話の分かる日が
くるのだろうか
雀の研究者は
雀の顔を見分けられるというが
僕がもしそうなったら
雀と話せるように
なるかもしれない

そうしたら
真っ先に尋ねよう
君はなぜいつも
幸せそうにしてるんだい？
すると
彼は答えるだろう
僕が幸せそうに見えるって？
当り前じゃないか
僕は生きている
ほらこの翼でどこまでも
飛んでいけるんだ
他に何を望むんだい？
僕たちにとって
地球はいつまでも
楽園なんだ
君たちが
壊したりしなければね――

2017.12.13

## ちっぽけな僕の世の中

僕にとっての
世の中は

たまに飲む同僚の話と
拾い読む新聞と
テレビのニュースと
そんなものので
できていた
それと少しの読書――
ちっぽけな
僕の世の中――

僕はサラリーマンで
おまけに会社人間だったから
僕の世の中が
この世の中だと
ほんとうに長い間
勘違いして
生きてきた
会社を辞めるまでは――

組織に入れば
誰でも
その組織の色に
染まってしまうのだろう

考えてみれば
そこそこや
ほどほどが無くて
もっともっとという
会社の論理は
すこし気ちがい
じみている

しかし
当時の僕は
仕事のことで
頭が一杯だったから
たまに疑問に思うことが
あっても
ぜんぶ後回しにしてきた
僕の宿題はいつのまにか
溜まるいっぽうだった――
リタイアしてから
僕は今
その宿題に追われている

FaceBookを

始めたとき
とても驚いた
画面に現れるたくさんの
顔・顔・顔
僕は今この国に生きている
たくさんの人を思った
その時僕は
当り前の事実に出会ったのだ
国は人でできていると——
権力とは無縁の
小さき人々の
無数のネットワークが
この国を支えている
現役時代
僕は大きな会社の
なんという小さな世界に
住んでいたのだろう

もし
忙しいから
難しいから
手に負えないから
という理由だけで
考えることを止めてしまえば
僕たちは
ずっと流されてしまうだろう
ほんの少し
常識的に考えてみるだけで
立ち止まれるのでは
ないだろうか

僕という人間は
僕が出会った人々や
見聞きしたものや
僕が食べたもので
できている——
とりわけ
自分が考え続けたことは
生きてきた
道程のように
僕のなかに残るだろう
僕はこれからも
考えることを
止めないだろう

ちっぽけな
僕の世の中から
少しでも
抜け出すために――

2017.10.17

# Ⅲ　2018年

## 叫び

戦争を知らない
総理大臣のことばより
戦争体験者の
ことばを
私は信じたい

大橋巨泉さんはいった
戦争とは
爺さんが始めて
おっさんが命令し
若者が死んでゆく
ものだと

東京大空襲で
一夜にして
級友の大半を亡くした
永六輔さんはいった
戦争なんて
ただ反対してりゃ
いいんだよと

九死に一生を得た
元日本兵はいった
戦争になったら
親は子の命を守ってやれない
子どもが
親よりも早く死ぬこと
それが戦争だと

ベトナム戦争を
戦った元海兵隊員の
アレン・ネルソンさんはいった
日本人は
九条があることの幸せに
気づくべきだと

そして
反骨のジャーナリスト
むのたけじさんはいった
弾の飛ばない戦争が
すでに
始まっていると

今となっては
すべて
遺言となってしまった
これらのことばを
私は信じたい

そして
ことばを残すことなく
亡くなった
無数の魂の叫びを
風のなかに
聴くのだ――――

2018.1.6

## 小さな声

ちがうよ
そうじゃないよ
さっきから
プラタナスの木陰で
少女がぶつぶつ
呟いています
その前を
忙しそうに
人々が通り過ぎて
いきます
蚊の鳴くような
その声を
意地悪な風が
さらっていきます

けれど
だからといって
その声が無くなる
わけではありません

ちがうよ
そうじゃないよ
いっぱいの
涙をためて
少女は
いったい何を
いいたいのでしょう
何のために
そこに立って
いるのでしょう

すると
おもむろに
ひとりの少年が
近づいていきました
そして
きらりと光る
少女の涙に
気づいたのです
やがて
少年には
少女の声が
はっきりと
聞こえてきました
それは少年の
知らなかった
真実の物語――
聞き終わると
少年は
しっかりと頷きました
少女が
一瞬
笑顔を浮かべました

街の広場の
大きなプラタナスの木陰に
少女はいつも
立っています
少女はどこから
やってきたのでしょう
福島から？
沖縄から？
それとも
隠された歴史の闇から

でしょうか
ちがうよ
そうじゃないよ
つぎに
その物語を聞くのは
あなたかも
しれません
あの少年のように
近づいて
寄り添うだけで
いいのですから――――

2018.7.14

## 木守り

父さん
どうして柿の実は
あんなにたくさんなっているの

坊や、それはね
神様がとっても大事なことを
人間に教えているんだよ

えっ、大事なことって

甘い柿の実は
誰だって食べたいだろう
もし柿の実が一つしかならなくて
食べたい人が１００人いたら
どうなるかな

１００等分なんて
できっこないよ

そうだね
でもよく見てごらん
この木にはざっと数えたって
１００個以上の実が
なっている
みんなに一個ずつ
行きわたるようにね

そしたら
喧嘩しないで
みんなが
食べられるね

そうだね
そうやって
みんなが同じものを食べると
すぐに仲良くなれる
そして
いちばん大事なことは
来年のために
この柿の木を大事にしようと
思うことなんだ

あっ、そうか
柿の木を大事にすれば
来年もまた
美味しい柿の実が
食べられるものね

そうだね

でもそれだけじゃない
柿の木を守るために
みんなが
助け合うようになるんだ

ふーん
ところで父さん
向こうの柿の木には一個だけ
実が残っているよ
取り忘れたのかな

いいや
あれは木守りといって
わざとそうしているんだ
椋鳥や鵯だって
あの柿の実が食べたいだろうって
誰かがきっと
思ったのさ

その人
やさしい人なんだね

坊や
みんなに行きわたるように
毎年たくさんの実がなることを
恵みというんだ
だからみんな生きていける
人間だけじゃなく
あの鳥たちもね
それに柿の実だけじゃない
お米だって魚だって
毎日飲む水だって
みんな神様のくれた恵みなんだ
それを分かち合うだけで
人間は生きていけるんだよ
神様は
十分な恵みを与えて
独り占めしちゃいけないよって
教えているんだ
分かったかい

うん、分かった！
神様って
いい人なんだね

2018.12.10

## 幸せを教える国

その国の
教育の目的は
たった一つ
幸せに生きる方法を
教えることだという
それを教える
先生は
幸せに生きる方法を
心得ており
きっと自ら実践して
いるのだろう

幸せのかたちは
みんな違うから
数学も音楽も
美術も体育も公民の授業も
みな必要だ

誰もが幸せに生きる方法を
見つけるために――
夢の実現に向かって
子どもたちが
とっくに
歩みだしている国
好きなものになれる
ということばが
信じられる国――

その国には
宿題がない
校長先生は
子どもたちを
もっと遊ばせたいという
学校以外にも人生は
山ほどあるのだという
子どもたちを
遊ばせなかったら
人として
いつ成長できるの？
と却って
訝しむ

その国には
統一テストがない
テストで点を取る訓練は
教育ではないという
低学年の授業は
週にたった20時間
脳をリラックスさせる
ためだという
それでいて
その国の生徒は
世界トップレベルの
学力だという

その国の名は
フィンランド
先生が人生を楽しみ
子どもたちが
一人の人間として
信頼される国
何という

レベルの違いだろう
東方の
この国とは――
私たちも
子どもたちの幸せを
願っている
はずなのに――

子どもたちの
弾けるような笑顔に
どこに行ったら
会えるのだろう
学校でさんざん
勉強してきたのに
宿題は必要だろうか
一人一人
みんな違うのに
統一テストは
必要だろうか
――

2018.6.19

## パパゴリラ

毎日
この地球上で生起する
幾千万のことがら
人間の
鳥の
動物たちの
いのちのストーリー
過去から
ずっと繰り返され
未来へと続くストーリーの
私も
その一員である

私は
何を知り
どう生きていけば
いいのだろう
幸福
それは

私たちが
いつもそうありたいと願う
身心の状態のことだろう
幸福を求めて
生きると
人はいう
幸福が
ずっと遠い先に
あるかのように

私は
くだものが大好きだ
だから
それを
幸福のたべものと
呼んでいる
家人は私を
パパゴリラという
ゴリラは
たぶん平和主義だ
あるとき
口の福と書いて

口福堂という
和菓子屋をみつけた
私は
あんこも好きである
だから
大福も大好きだ
だいふく
なんて素敵な
名前だろう

口の福があるなら
目の福も
耳の福も
鼻の福だって
きっとあるだろう
絵も音楽も香りも
私たちを
幸福にしてくれる
私たちは
幸福の器官を
もっているのだ
私は

幸福はいつも
いまここにあると
思っている
私はずっと
パパゴリラがいい
平和主義の

2018.11.6

## 消えたピーラー

妻がパートのときは
昼飯は自分で作る
とはいっても
いつも似たようなメニューなのだが
人参の皮を剝こうとしたら
いつもの赤いピーラーが
ない！

抽斗にも
水切りかごにもない

いったいどこへ
行ってしまったのだろう
こんなことは初めてだ
壊れて捨ててしまったのだろうか
とうとう
赤いピーラーは
見つからなかった
そこで
人参は諦めたのだった
後で妻から事情をきくと
赤いのは捨てて
新しいのに取り替えたという
いわれたとおり
抽斗を開けると
あっ
ステンレスのピーラーが
あるではないか！
それは
赤いピーラーを探して
僕が何度も開けた
抽斗だった

何てこった！
僕はそのとき
はたと気づいたのだ
僕の探していたのは
ただのピーラーではなく
使い慣れた
赤いピーラーだったのだと――
もし僕が
ピーラーを探していたのなら
僕はすぐにでも
見つけることができただろう
さらに妻は
衝撃的なことを
こともなげに
僕に告げた
ピーラーがなければ
包丁で剝けば
よかったじゃない
そのことばで
僕は完全にノックダウンした
そうだ
君のいう通りだ

なぜそんなことに
僕は気づかなかったのだろう
僕はしばらく
考え込んでしまった
そうして
大発見でもしたように
眼を見開いたのである
僕は二つの思い込みをしていた
一つ目は
家にあるのは
赤いピーラーだということ
二つ目は
人参を剝くには
ピーラーが必須だということだ
そして
そのことに気づいた瞬間から
僕はなんだか
晴れ晴れとした気分に
なったのである

そうだ

今回のことは
消えたピーラー事件
と名付けよう
そして折に触れて
この事件を思い出そう
それはこの先
この僕を
愚かな思い込みから
きっと救い出してくれるだろう
もっとも
そんな思い込みをするのは
僕だけかもしれないが――
赤いピーラーは消えたけれど
僕の心に
しっかりと
残ったのである

（後日談）
あれ以来僕は
不思議な感覚にとらわれている
僕たちが
気づいていないだけで

世界には既に
世界中のすべての人々を
幸せにする力が
備わっているのでは
ないだろうか
あまたの先人たちの
努力によって
知識も技術も蓄えられ
あらゆる力を手にしているのに
この後に及んで
全員を幸せにできないのは
いったいなぜだろう
むしろ
貧富の格差が
拡がり続けているのは――

何かが変だ！
ひょっとしたら
幸せへのアプローチを
間違えているだけではあるまいか
僕がピーラーへの
アプローチを

間違えていたように――
賢治も
いっていたではないか
世界がぜんたい
幸福にならないうちは
個人の幸福は
あり得ないと――

2018.11.5

## 地球の本音

リタイアして
家事を手伝うようになって
洗濯ばさみが
よく壊れることを知った
一見頑丈そうに見える
プラスチックの洗濯ばさみ
折れるのは決まって
抓みの部分である
気になって
周りを見回してみると
世の中はよく壊れるもので
溢れている
自転車も二、三年だというし
壊れないのは
昔ながらの陶器の類いか？
それでも最近のは
マグカップの把手が
ぽろりと取れたりする

僕たちは
壊れるのは当たりまえ
壊れたら
買い替えればいいと
いつしか
思い慣らされて
暮らしている
家だって
建て替えとなったら
パワーシャベルの一撃で
一たまりもない
古民家でもない限り

分解して移築なんて
かなわぬ話だろう

日本人一人当たりの
年間のゴミ排出量は
約320キログラムで
二位のフランス（180キログラム）を
大きく引き離し
ダントツ世界一だそうである
不名誉なことだが
日本に限らず
そんなにゴミを
出し続けていけば
いつか人類は
ゴミにまみれて
暮らすことになるだろう
ゴミ屋敷の
地球版である

福島では
溜まり過ぎたトリチウム水を
海へ捨てる算段だという

しかも
この国の法律では
許容濃度に薄めてしまえば
どれだけ捨てても構わない
というのだから
開いた口が塞がらない
死んだ鯨の胃袋から
何十キロものプラスチックゴミが
見つかる時代である
ほかにも
マイクロプラスチックと呼ばれる
目に見えない
微小な破片もある
それらは既に
魚の体内に取り込まれて
いるという
魚好きの僕たちの体にも
既に入っているのでは
あるまいか

かつて
2000回以上も行われた

核実験の放射性廃棄物も
地球にとどまる
ゴミの一つだろう
直近では
福島第一原発事故由来の
放射性物質も加わる
僕たちの骨の中には
そのときのストロンチウムが
取り込まれているという
地球のゴミが増えれば
僕たちの体内のゴミも増えていくのは
当然のことだろう

しかし
もし仮に壊れない洗濯ばさみを
作ってしまったら
やがて需要は飽和し
企業は潰れてしまうだろう
壊れる洗濯ばさみは
企業の生き残り戦略なのである
つきつめれば
企業存続のために

ゴミが増え続けるとも
いえるだろう
それはしょうがないこと
なのだろうか――

安いからといって購入した時点で
やがてゴミになることを
黙認しているのだから
僕たちもいわば
共犯者である
洗濯ばさみがとても安いのは
おそらく
その後処理を
地球環境に只で丸投げして
いるからであろう
臨界点とか引き返せない点とか
いわれているけれど
地球はまだ
大丈夫なのだろうか
そろそろ本音を
聞かせてくれないか
なあ

地球よ！

2018.9.2

## 春の雲

春の雲が
浮かんでいる
薄いベールに包まれた空に
一つ二つ三つ
水を含んだ
綿菓子のような春の雲が
やさしげに
浮かんでいる
地上では
だれかがだれかを呼んでいる
人にはみな
親の付けた名前があって
その名前で
この世をいきる
あの世に
行くときには
別の名を
もらって――
いとしいものに
僕たちは名前をつける
犬にだって
猫にだって
小鳥にだって――
名前は
大切なものの
あ・か・し

その名を呼ぶとき
僕たちのなかに満ちてくる感情を
人は愛と名付けたのだろう
もっと
やさしいことばで
語りあえたら
ずっと
生きやすい
はずなのに――

競争なんてものに
人はなぜ
囚われてしまうのだろう
あの
春の雲のように
もっともっと
やさしいこころで
人は生きられない
ものだろうか

――

春の雲が
浮かんでいる
微笑むように
浮かんでいる

2018.4.21

## Nさんへの手紙

『シロウオ』を観させていただきありがとうございました。地味な映画ですが、心の奥深く沁みてくるものがありました。

１９７９年、もう40年以上も前に、チェルノブイリ原発事故が起きるそれよりも前に、日本にも原発を止めた人びとがいたことを初めて知りました。

彼らは、チェルノブイリ原発事故や福島第一原発事故をどのように見ているのでしょう。

きっと、今でも心を痛めているに違いないと思います。

タイトルのシロウオのことをずっと考えていました。そして、ふといのちの根源ということに思い至ったのです。映画のなかでシロウオを生きたまま天ぷらにするシーンがありました。

「かわいそうだけど――」

「でも、美味しいんだよね」

そういって、おばさんが弾けるように笑っていました。

僕には、あれが生きることの根源のような気がしたのです。生きるものは、生き延びるために、他の生き物のいのちを奪っています。

それを、忘れないための、

「いただきます」
「（いのちを）いただきます」
なのですね。

椿川のシロウオ漁は、なんて素朴なんでしょう。どこで拾ってきたものか、
ポリバケツには小石が山のように積まれていました。
それを一つ、頃合いを見て、四つ手網の向こうに放り投げては、網を上げていきます。
あの石ころが無くなるまで、日がな一日、漁を続けるのでしょうか。
あの透き通ったシロウオのような、
穏やかな人の営みの美しさを、
垣間見たように思います。

人はああいう暮しがいちばんなのだと、思います。
あのやり方では、それほどたくさんのシロウオが、獲れるとは思えません。
けれど、それでいいのです。それがいいのです。
シロウオは、春先だけに贈られた自然のめぐみ。
椿川の自然を守り、
慈しむ人々への
神様からの
プレゼントなのですから――。

2018.2.15

## 15歳の意見陳述

母に手を引かれ
少年は
訳も分からず逃げてきた
あれから7年――
15歳になった
その少年は
母親たちの起こした
福島原発事故被害訴訟の
意見陳述に立った
――
母の背中を追いかけ
母の涙を盗み見し
いじめられて泣いた
長いながい歳月

──
彼のなかを駆け巡った思いが
今ことばとなって
陳述席から
迸る

僕たちはこれから
大人の出した
汚染物質とともに
生きることに
なるのです
その責任をとらずに
死んでしまうなんて
あまりに無責任だと
僕は思います
せめて生きているうちに
自分たちが行ったこと
自分たちが儲けて
汚したものの責任を
きちんと取って
欲しいです

この少年の
ことばに
日本人の大人の
いったい誰が
反論できるだろう
そのことばに
法廷内にいた
多くの大人たちが
心を射抜かれた
ことであろう
エンデはいう
いい作品が生まれれば
その作品が存在するということだけで
世界は変革されるのだと──
少年のことばは
まるで
詩の一節のように
私をなぎ倒す──

あとは
私たちが
このことばを生かす番だ

慈しみ
大きく育て上げる番だ
それが
福島の
いや日本の子どもたちへの
せめてもの
罪滅ぼしでは
ないだろうか
この国は
未だに
命より金の
狂気のなかに
いるのだから――

2018.1.16

## 避難計画を嗤う

どうして事故から
学ばないのだろう
福島第一原発事故から――
あの事故の真の原因は
何だったのか
地震の影響は？
津波の影響は？
人的ミスは――
何が原因で
どうしたら防げたのか
それを知ることが
科学的態度ではないのか
それが
国民を安心させる手立てであり
避難を余儀なくされた
被災者に対する
責任であろう

国会事故調査委員会の
報告書は
現場検証すら不可能な段階での
事故の直接的原因の特定は困難だとして
独立調査委員会による
検証の継続を提言している
あれ程の事故を起こし

領土は放射能に侵略されたままなのに
通常の20倍もの線量の地域に
無理矢理帰還させているだけなのに
溶け落ちた放射能デブリは
一ミリとて
動かせないのに
その見通しすら
立っていないのに
この国は
再稼動に邁進し
オリンピックに浮かれている
原子力緊急事態だということを
すっかり忘れて――

どうして体験から
学ばないのだろう
あの原発事故の避難体験から――
あの時飯舘方面へ
プルームの移動方向へ
人々は押し寄せ
そして
思わぬ被曝をした

元双葉町町長
井戸川克隆さんの
『なぜわたしは町民を埼玉に避難させたのか』
を読むと
風向きと直角方向へ
ということばが
しきりに出て来る
井戸川さんは
線量計の数値から
自治体の長として
独断で避難を決意する
あれは放射能に追われて
着のみ着のまま逃げたのだ
放射能という
見えない敵から――
どうすれば
被曝を最小限にできたか
それを知ることもまた
科学的態度では
ないだろうか

運よく逃げおおせたとしても

放射能はやっかいだ
セシウム137の力が
1000分の1になるには
300年もの歳月が必要なのだ
生きて帰れるかどうか分からないのに
軽々しく
避難などといえるだろうか
自然災害なら
収まれば帰れるだろう
あの三宅島の全島避難だって
4年半後には帰還できた
しかし
チェルノブイリでは
30年経った今も
半径30キロ圏内は
立ち入り禁止のままだ

原発も
一旦コントロールを失えば
原爆と同じだ
その証拠に広島原爆168個分の
セシウム137が飛び出したと
いうではないか
今回の事故でその怖さを
思い知ったはずだ
これが国難
でなくて何だろう
既に福島に学んだ世界は
原子力政策の転換を図っている
当事者である日本が
福島から学ばないのは
いったい
どうしたことだろう
この国はいつか
破局を迎えるのではないだろうか

1945年以降
地球の放射線バックグラウンドレベルは
徐々に押し上げられてきた
1996年まで行われた
2000回を超える核実験と
500基を超える原発稼働の
結果である
表土をかき集めた日本政府は

こんどは８０００ベクレル／kg以下の
除染土を公共事業で
日本中にばら撒くつもりだ
人形峠の
ウランレンガと同じように――
この除染土拡散政策が
日本のバックグラウンドレベルを
さらに押し上げていくだろう
将来にわたる国民の健康を
いったい誰が
保証するのだろう

東海第二原発では
再稼動に向けて
近隣の14市町村が
避難計画作りに躍起になっている
もしそれを作るというのなら
福島の避難から学ぶべきことが
たくさんあるはずだ
被曝を最小限にするために
避難は行われるものだろう
それならば

その日の天候や風向き
プルームの拡散方向の予測は
欠かせないものだろう
既に自治体として
原子力防災を策定した
篠山市の合言葉は
「とっとと逃げる」
だそうである
予め避難計画を策定しても
どうなるかわからない
ということだ

私の住む取手市は
東海村から
２万１千人を受け入れるという
避難とは
安全な場所に逃げることである
取手市が安全だと
どうしてわかるのだろう
あの福島第一原発事故でも
ホットスポットになったではないか
もし東海第二で事故が起きれば

放射性プルームは
遮るもののない関東平野を
風向き如何でどこへでも
流れていくだろう
最も確率の高い北東の風の行く手には
大都市東京が控えている
東海第二から東京までの距離は
110キロである
その道筋にある取手市が
逃げる事態にならないと
誰が断言できるのだろう

そして当事者である
30キロ圏内96万の人々は
どうして住み慣れた故郷に
住み続けたいと
主張しないのだろう
故郷に住み続ける権利は
誰にだってあるはずだ
もし
避難時に風速5メートルの風が
吹いていたら
風下に逃げる人々は
時速18キロの風に
追いかけられることになるだろう
もし
橋が落ち
道路が寸断されていたらどうなるか
高速道路が壊れていたら
たった一台でも
ガソリンが切れて
立往生してしまったら――
地震や津波だけでも大変なのに
原発事故が追い打ちを掛ける
それが夜中だったら
雪の日だったら――

確かに
地震や津波は防ぎようがないだろう
しかし
原発事故なら防ぐことができる
その最も有効な手段は
原発を廃炉にすることである
危険なエネルギー政策は

一刻も早く止めることである
福島の事故は
紛れもなく起きたのである
そして収束の目処すら
立っていない
そんなに危ないものなら
御免こうむりたいと
何故いわないのだろう
これは政治問題でも
経済問題でもない
いのちの問題である
96万人のいのちは
身動きのとれない車のなかで
みすみす被曝を
強いられるのだろうか

いや実際には
そんなことにはならないだろう
避難計画ができれば
住民は勝手に逃げることさえ
できなくなるのだ
5キロ以遠の人々は
被曝が前提の屋内退避が
基本だからである
原子力災害対策指針によれば
放射線量が
毎時500マイクロシーベルトを超えて
初めて避難指示が出されるのだ
これは
たった2時間で一般人の年間基準
1ミリシーベルトに達するレベルである
正常時の基準
毎時0・23マイクロシーベルトの
2200倍である
もしそれが嫌で
自主避難でもしようものなら
あとで非難の的にされるだろう
それを理由に
補償を受けられなくなる
かもしれない
あの福島の区域外避難者たちが
勝手に逃げ出したと
さんざんいわれたように――

避難計画を作ってしまったら
住民はそれに縛られることに
なるだろう
政府のいうとおりに
被曝を強いられ
自主判断による避難を
制限されるだろう
こんなにも理不尽な計画が
あるだろうか
篠山市の原発災害ハンドブック
によれば
篠山市の近隣には五つの原発があり
最短の高浜原発からは
56キロだそうだ
30キロ圏外だが
自分たちはもっと早く逃げよう
というのだ
そのために
安定ヨウ素剤を事前配布
したのである

しかし96万人に
「とっとと逃げろ」といったら
どういうことになるか
おそらくハチの巣をつついたような
大混乱となるだろう
そこで避難計画をつくらせ
中身を被曝計画にすり替えたのである
政府はこっそり
福島に学んでいたのだ
住民が勝手に逃げ出さないように
先手をうったのだ
しかし
身の危険が迫っているときに
指示を守って逃げない人がいるだろうか
私も線量計をもっている
安定ヨウ素剤をもっている人も
多いだろう
そして事が起きれば
各自が自分の判断に従って
行動するだろう
福島との最大の違いは
私たちは既に
福島を知っていることだ

いちばん賢いやり方は
人が逃げるのではなく
原発に立ち退いてもらうことである
永遠に放射能を
まき散らさないように――

2018.12.16

＊『なぜわたしは町民を埼玉に避難させたのか』井戸川克隆著　駒草出版

## 言霊

その人は
何度も何度も
そのことばを口にしたが
一度たりとも
実行したことはなかった
発しただけで
ことごとく
裏切ってきたのである
もはや
寄り添う
ということばは
字義通りには使えないと
知合いの歌人は
哀しそうに笑った
ことばが
破壊されたのだと――

ことばを
破壊するほどの重い罪が
またとあろうか
ことばは宝
あまたの先人たちの
迸る熱情が
慈しみ
育んできたものなのだ
それを
一国の総理ともあろう人が
こともなげに
破壊し続けている

総理よ

君はもう寄り添うな！
このことばを使う資格は
君にはない
こんな美しい日本語を
破壊する君は
ほんとうに
日本人なのか
日本人を騙っている
だけではないのか
日本を愛する者が
どうして
ことばを壊したりできよう

美しい日本へ
と君はいった
その中に
美しい日本語は
含まれていないのか
君は
もうこれ以上
ことばを壊すな
ことばは

言霊——
心あるひとびとの
鋭い非難のまなざしが
遠くから君を
じっと
見据えている

2018.11.3

## 奇天烈公職選挙法音頭

一、
立候補には金がいる
供託金は世界一
貧乏人を締め出して
二世三世の議員で固め
これぞ奇天烈
これぞ奇天烈
奇天烈公職選挙法

二、

選挙期間は短くて
選挙公報綺麗ごと
面識一つ無い人に
訳も分からず投票させる
これぞ奇天烈
これぞ奇天烈
奇天烈公職選挙法

三、
個別訪問いけません
手づくりビラもいけません
十八歳まで遠ざけて
政治に疎い主権者つくる
これぞ奇天烈
これぞ奇天烈
奇天烈公職選挙法

四、
看板地盤というけれど
カバンの中は黒い金
金にまみれた政治家に
庶民泣く泣く未来を託す
これぞ奇天烈
これぞ奇天烈
奇天烈公職選挙法

2018.4.11

## 戦争体験談

今年84歳になるという
おばあさんの話をきいた
彼女の記憶はいまなお
鮮明だという
東京大空襲で
焼夷弾の火の粉のなかを
弟を連れて逃げ回ったこと
親元を離れて
福島の山奥に学童疎開したこと
松根油を採るために
伐り出された松を背負って
ふらふらしながら働いたこと
毎日食べものがなくて

ひもじかったこと
先生がいつも恐かったこと
戦争が終わったとき
大人たちが泣いていたこと
たんたんと話す
おばあさんの声に
いつしか引き込まれる
書物で知っていたことでも
声となって語られると
それは
おばあさんの中に
今もある
事実なのだった――

そして
疎開先から
帰る途中の郡山の駅で
占領軍の米兵を見かけて
思わず隠れようとしたこと
おばあさんは
米兵に喰われてしまうと
本気で思ったそうである

恐い先生が
アメリカ人は
人を喰うと教え
教育勅語を叩き込み
歴代の天皇の名を
暗記させた――
教わったのは
そんなことばかりで
勉強は出来ずじまいだったと
おばあさんは
悲しげに笑った――
それは
教育とは名ばかりの
強制だったのではないだろうか
真っ白な紙に
インクが染み込むように
無垢な子どもたちは
まっすぐに
それを信じたのだろう

あれから
70年以上もたって

今またこの国は
いつかきた道を歩もうとしている
今年から
道徳が教科化された
その教科書には
お辞儀と挨拶の順番まで
示してあるという
これが正解といわれれば
子どもたちは
必死にそれを覚えるだろう
丸を貰うために
そうやって
考えない国民を
唯々諾々と従うだけの国民を
作りあげるつもりだろうか
この国の宰相の進める美しい国は
人々にまた
悲しい歴史を強いるのだろうか

空襲の話のあとで
おばあさんが
ふと漏らしたことばが
忘れられない
私は
人間じゃなくて
鳥ならよかった
鳥なら
爆弾から逃れて
どんなに遠くへでも
飛んでいけたのに
――
そして
最後に
おばあさんは
驚くほど大きな声で
きっぱりとこういったのだ
何があっても
戦争は
ダメ

2018.5.15

## 戦争しない国へ

想像してみよう
絶対戦争しない国が
あるとしたら
それは
どんな国だろう

豊かな国土で
食糧やエネルギーを
自給自足できるなら
戦争なんか
しないだろう
しかし
日本の
食糧自給率は38％
エネルギー自給率は
たった6％である

たとえ国が
貧しくても
平穏に暮らせるだけで
人々が満足しているなら
戦争なんか
しないだろう
だれも
戦争に行きたがらない
からである

ごく大雑把にいって
幸せな国は
戦争なんかしないのでは
ないだろうか
幸せな人が
喧嘩したりしないのと
同じように――

江戸時代
日本は
ずっと鎖国していた
だから
食糧もエネルギーも
全て自前だった

人口約３０００万といわれる
江戸時代の日本は
すでに
戦争しない国
だったのである

ここに
一つの試算がある
城南信金の
吉原毅さんによれば
全国で約４６０億㎡ある農地に
全てソーラーシェアリングを
導入すれば
原発１８４０基分の
莫大な電力を
賄えるという

農産物と売電で
農家が潤うことになれば
農業人口が回復する
起爆剤になる
かもしれない

そうすれば
食糧自給率も
飛躍的に上がってゆくだろう
食糧もエネルギーも
自給率１００％は
夢ではないのだ

永続地帯ということばを
知っているだろうか
すでに
食糧やエネルギーの自給を
達成した地域のことである
１００％エネルギー永続地帯の数は
２０１６年３月時点で
71市町村に達したという
そして今も増え続けている
というのだ――

近い将来
日本全体が永続地帯になれば
戦争しない国に
一歩近づくのではないだろうか

そんな折
もし日本に対して
戦争をしかける
不幸な国があったとしたら
技術支援によって
戦いをやめさせ
日本と同じ道を歩ませよう
戦争しない国への道を――
なにしろ
太陽も水も風も
どの国にだって
ふんだんに
あるのだから――

2018.1.20

## 揃い過ぎてきれい過ぎて

スーパーに行くと
大きさの揃った大根が
輝くばかりの白さで
堆く積み上げられている
そのきれいさに
思わずみとれてしまう

キャベツや白菜
ほうれん草にだって
虫食いの痕なんか
これっぽっちも
見当たらない――
そんなことが
いつのまにか当り前になって
もう何十年も
経ってしまった

私は農家を継がなかったが
キャベツについた
白い農薬をいまでも覚えている
今や日本の野菜の大半は
F1の種から栽培されている
F1というのは
子孫を残さない
一代限りの種のことだ

Ｆ１の種を使えば
ばらつきを抑え
粒ぞろいの野菜が作れるという
種は毎年買わなければならないけれど
売れないものを作っても
しょうがない
農家も飛びつくはずだ
そうして
スーパーには
きれいで
粒ぞろいの野菜が並ぶのだ
しかし
そのきれいさは
間違いなく
農薬と化学肥料の結果なのだ
私もその講演を聞くまで
その恐ろしさなど
何も知らずに
暮してきた――

１９９０年代から
ヨーロッパ諸国を中心に
世界中で
ミツバチの大量死や
大量失踪が起こったという
調査の結果
その原因は
殺虫剤の一種である
ネオニコチノイド系の農薬
だと判明したそうだ
この農薬の成分は
ニコチンに似ていて
神経毒性があり
ミツバチが自分の巣に
戻れなくなったのが
原因だというのだ

ヨーロッパの各国は
予防原則の観点から
いちはやく
使用抑制や使用禁止に動いた
しかし
日本はその動きに逆行し
残留基準を緩和させている

しかも
ネオニコチノイドは
農薬だけでなく
フローリングの合板防虫剤や
ペットのダニ・ノミ駆除剤などの
殺虫剤として
幅広く使われている

もし農薬が
昆虫だけに効いて
人間には全く無害だと
いうのなら
杞憂に過ぎないだろう
しかし
昆虫の神経を狂わせ
免疫力を下げる農薬が
人間には
全く無害だなどという
都合のいい話が
あるだろうか

しかも

農薬はラットなどで
成分単体の毒性試験は行われても
複合試験は
一切行われていないのだ
これは
食品添加物の
複合試験が行われていないのと
酷似している

2012～2013年にかけて
国内の3歳児223人を調べた結果では
79・8％の子どもから
ネオニコチノイド系農薬が
検出されたという
そして
この農薬が
子どもの発達障害の原因だと
分かってきたのである
日本では今
発達障害児が10年前に比べて
倍増しているという
そして

日本以外でも
発達障害の多い国と
農薬使用量の多い国は
みごとに
一致しているのである

私たちは
もっと安全・安心な生活を
選びとることができる
多くの人が
農薬フリーの生活を選択すれば
見た目は悪いけれど
有機・無農薬野菜が
美味しくて
安くて
当り前になる日が
きっとくるだろう

日本人成人男子の
精子数の減少が
不妊治療の現場で
取り沙汰されている

F1野菜の摂取が原因ではないかと
言われている
見た目のきれいさと
食の安全と
どちらかを選べと言われたら
私たちは迷わず安全を取るだろう
美味しい野菜を
ほんの少し
虫たちにも分けてあげれば
いいのだから――

もしそれさえもいやだと
いうのなら
私たちを待っているのは
緩慢な自滅なのでは
あるまいか

2018.1.28

## １／１の僕

君はいつでも
１／１でいられるだろうか
僕だって自信はないけど
ふたりなら１／２に
40人のクラスなら１／40に
なってしまって
いないだろうか

すると
10万人の町なら１／１０００００で
一億人の国なら１／１０００００００００
になるだろう
そう錯覚させること
それが
この国の教育だと
僕は思う

だから
１／40の君が先生に向かい
１／１０００００の君が市長に向かい
１／１０００００００００の君が
総理大臣に向かう
そのたびに
権威は肥大化していくのだ
でも
それでいいのだろうか

僕たちは
比較できないはずなのに
比較されている
テストで順位を付けられる
そうやって
理不尽な整列を繰り返して
いるうちに
いつのまにか
クラスのなかの一人
市民のなかの一人
国民のなかの一人に
矮小化されていく

でもほんとうは

僕たちはどこにいても
1／1なのだと
僕は思う
おそらく
生れたときから
死ぬときまで
変わらずに
ずっと――

2018.11.22

## 身構える

一人暮らしで
寂しい思いをしている老人に
孫から電話がかかってきて
金の無心をする
そんな詐欺にあう人が
後を絶たないという
だからこの国では
一本の電話に
身構える人が
きっと増えたことだろう
そればかりか
電話が怖いという人も――

どこで知ったか
私のアドレスに
知らない人からメールが届く
銀行口座のデータが流失したので
暗証番号を入力してほしい
決まって
そんな内容である
もちろんすぐに削除するが
あるとき
新しいメールに
身構えている自分に気づく

電話もメールも
人と人とを繋ぐ便利なツール
しかし
番号もアドレスも
私がどこかで入力したら最後

見知らぬ人に渡ってしまう
そんな社会である
SNSで
いいねを押したら
文章を投稿したら
私という個人は
いとも容易く分析されて
しまうのだろう
だから
ターゲティング広告が
次から次へと
送られてくるのだ

携帯電話の位置情報から
ドローンで人を殺すことだって
可能な時代である
この国はすでに
イスラエルとの
無人兵器開発に乗り出している
まさか
殺されることはないにしても
目に見えない悪意が
私たちを狙っているのは
確かだろう

300万台を超える
監視カメラが人々を監視するのは
なぜだろう
市民は信用できないとでも
いうのだろうか
名の通った企業ですら
儲けのために
データを捏造する――
高級官僚が
保身のために嘘をつき
データを破棄し
改竄する――

嘘が蔓延れば
人々はますます
互いを信用しなくなるだろう
それぞれが孤立し
疑心暗鬼になり
身構えて

本当のことなど
言わなくなるだろう
それは
国の崩壊を意味するのでは
ないだろうか
呆れたことにこの国では
どうやら
総理大臣まで
嘘をついて
いるらしい――

2018.10.6

Ⅳ　２０１９年

## 芋銭の名刺

牛久沼のほとりに
小川芋銭の画室だったという
雲魚亭がある
昔風の平屋の一軒家だが
今は記念館として
拝観することができる
ガラスケースに収められた
遺品のなかに
その名刺はあった
白地に
茨城県牛久
小川芋銭
とのみ記す
至って簡素な名刺である
初めてその名刺をみたとき
私は一つの句を詠んだ

小川芋銭牛久とのみの刺の涼し

それは
梅雨の晴間のように
清々しかった

それから
半年もたって
俄にそのことを思いだした
名刺に肩書をつけるのが
人の世の常なのに
なぜ芋銭は
肩書を排したのだろう
私も仕事で
たくさんの名刺を貰ったが
本人よりもつい
肩書の方に目がいってしまう
だから
リタイアして
自分で名刺をつくる時も

「俳人協会会員」などと
ついつい
入れてしまったのだ

今思うに
芋銭はおそらく
肩書なんぞには
まるっきり
興味がなかったのでは
あるまいか
そんなことより
吾を見てくれという
ことだったのかもしれない
翻って
私たちが
肩書ばかりにこだわっていたら
本人を見失うことに
なるだろう
この国は未だに
肩書社会なのだから――
それにしても
さわやかな名刺である
空と大地の間に
すっくと立つ
楷の一樹のように
そこから
涼風が吹いてくるようだ
そんな心映えの人は
今どこを捜したら
見つかるだろう

2019.1.15

## 洗い物をしながら

妻がパートに出かけた後
洗い物をしながら
僕はふと考える
ここからずんずん昇っていったら
地球はどんな風に
見えるだろう
すると

僕は
星のブランコに腰かけて
地球を覗き込んでいたのさ

昇る途中のことは
よく覚えてないな
ただ
そこから見えるのは
太陽の光をうけて
闇のなかに浮かんでいる
真っ青な地球だ
まるで奇跡のようにね
でも
地球上で起きている
こととといったら――

この星の人々は
子どものときから
戦士のように育てられる
学校でも
家庭でもね――
不思議な人たちだよ

人生を競争にして
しまうなんて
勝ち負けにして
しまうなんて――

生きてることが
奇跡なんだと
気づくだけで
人は幸せになれるのに
それだけで
人は仲良くできるのに
いいかい
鳥たちはいつだって
喜びの唄しか歌わない
喜びの唄しか
知らないからさ
それなのに
地球人ときたら――

競争が
憎しみを
生んでいるんじゃないかな

競争が
一切の悲しみも――――
そして
自分たちの競争にかまけて
地球のことなど
ずっと
ほったらかしに
してきたんだ

人間はもう
とっくに
地球から見放されてると思うよ
そんな僕らに
この星はいつまでも
食べ物を与えてくれるだろうか

―――

汚れた皿を
危うく落としそうになって
僕ははっと
われに返ったのさ

2019.2.9

## 子ども達から奪ったもの

僕が子どもの頃
ほんの50年前のことさ
沼や小川には
ザリガニや
タナゴや小鮒や
たくさんの魚がいて
夏には蛍が飛び交い
秋には
赤とんぼが舞っていた
大きな建物がないから
空だって
ずいぶん広かったな

ガキ大将がいて
ぞろぞろと
野山を探検して歩いたものさ
秘密基地もつくったよ
ナイフを使ったり
鋸をひくのも

みんな上手だった
遊び道具は
自分で作ったんだ
釣竿もパチンコもね

毎日毎日
呆けるほどに遊んで
飽きることがなかった
下校途中に
今日は何をして遊ぶか
みんなで決めるんだ
集まる場所もね
めんこやビー玉や
ベーゴマなんて
なんどやったかしれないよ
そして遊び疲れて
ぐっすりと眠ったんだ
8時には
寝ていたと思うよ

今から思えば
自然が遊び場だったんだな

ただいまをいうと
ランドセルを放りなげ
おやつをもらって
集合場所に急ぐんだ
宿題も塾もなかったしね
遊ぶ時間だけが
山ほどあったんだ
悪ささえしなければ
だれも叱ったりしない
そんな
時代だった

ほんの50年前のことさ
それから
緑の革命が始まって
農薬で
虫も魚もいなくなった
僕らだけ
とびきり楽しい思いをして
次の世代には
何も残さなかったのさ
僕らは

とんでもないことを
しでかしたんじゃないかな
僕はときどき
そう思うんだ

小魚の群れが
向きを変えるときの
一瞬のきらめきも
夕日の中の赤蜻蛉の大群も
夢のような
蛍の乱舞も
もう見せることが
できないんだからね
それだけじゃない
自然は五感を目覚めさせるんだ
両手の中で動く
鮒の感触を
僕は未だに覚えている
子ども達から
それを奪ってしまったのは
実は大人たちなんだ

僕はあるとき
捕虫網をもった
一人の少年を見かけたんだ
首から下げた
緑色の虫かごは
空っぽだったよ
昔だったら
その少年は
きっと僕らの仲間に違いない
だけど
少し後れてやってきたから
何一つ
捕まえることはできないんだ
いたずらに捕虫網を
振り回しているだけなのさ
可哀想に――

子ども達は
知らないだけなんだ
それは
大人たちが
奪ったものだってことを――

一匹だって創れない人間が
蛍を殺してきたんだ
絶滅するほどにね
子ども達の心に
一生残るはずの
あえかなその光は
永遠に奪われてしまったんだ
僕も大人になって
知らずに加担してしまった
仕方がないといって――

しかし
これ以上奪っていいのだろうか
地球のいのちを――
人間は
自分たちが創ったお金のために
神様が創ったものを
平気で壊し続けているんだ
とても
傲慢なことじゃないかな
子ども達は今
自然を離れて
バーチャルな世界に
逃げ込んでいる
そこで
子ども達の心は
どんなふうに
育っていくのだろうか
たまらないことだよ

2019.3.22

## 今ここの詩

忙し過ぎると
心が先走りするので
僕らは
今ここにいることが
できない
そんなふうに
いつも忙しく
今を忘れて過ごしていたら
人生なんて

あっと言う間に
過ぎてしまう

ほんとうだよ
僕は経験者だからね
人生の大半を使って
僕はやっと
そのことに
気づいたんだ
忙しいのは罪なんだと――
それ以来僕は
いつだって
今ここにいる
それができるのは
忙しくならないように
踏ん張っているからさ

若い頃は
時間は無限にあると思ってた
ある詩人の
ことばじゃないけど
死のように無関係なものは
なかったのさ
けれどそれは
錯覚だった
君は二十四節気や
七十二候を知ってるかい
移りゆく自然の息吹が
僕の体に刻々と
流れ込んでくる
それは目まぐるしいほどの
スピードだ

君は忘れているかも
しれないけれど
僕らは生きものなんだ
ほんとうは
今ここでしか生きてはいない
そのことが分かったら
君の目の前の人が
とても愛おしく
見えるはずさ
眠っている間に
僕らの細胞は蘇生する

三カ月で僕は
新しい僕になっている
目覚めたら
僕らはいつだって
いのちの
最先端にいるんだ

自然だって毎日新しい
それで
七十二候ができたのさ
今ここにいる
たったそれだけで
最先端どうしが
出会うことが
できるんだ
どうだい
君もわくわくして
きただろう
そう大事なのは
いつだって
今ここなんだ

2019.5.8

## フラットに生きています

ずっと時間に
追われていました
効率に囚われすぎて
いたようです
心はいつも
予定でいっぱいで
今ここにいることが
余りありませんでした
だから
過ぎ去ってみると
人生なんて
あっという間――
まるで狐につままれた
みたいです

仕事を辞めて
五年が経ちました

はじめて
フラットに生きられる
ようになりました
人生とは
僕に与えられた
時間のことだと
やっと分かったのです
時間の主人は
僕自身だったのです
それがいつのまにか
会社が主人に
なっていました

フラットに生きています
フラットは
心の水面のこと
フラットは
偏らずにものを見ること
フラットは
分け隔てのないこと
フラットは
できる限り
今ここにいること

フラットに生きています
権威的な場所
権威的な人から
できるだけ
遠ざかって――
もはや誰からも
命令されません
誰かに命令することも
ありません
ときどきネットの世界を
旅しています
いながらにして
先人たちと語り
地球の未来を考え
さまざまな国の人びとと
出会っています

フラットに生きています
心の粒立ちを感じながら
地球をめぐる

風の声をききながら——
僕は自分でありながら
すこしずつ
自分から解き放たれてきたようです
自由とでも
いうのでしょうか

2019.6.26

## シグナル

僕らは一日に
どれだけのことばを
発するのだろう
流暢に話す人も
訥々と語る人も
相手に届くことばは
その中の
ほんの一部

互いに
言いっぱなし
聞きっぱなしでも
何となくうまくゆくのは
一緒にいる限り
それでも
伝わる何かが
あるからだろう

しかし
うっかり
聞き逃したことばが
大切な人の
最後のシグナルだったとしたら
悔やんでも
悔やみ切れないだろう
逡巡のはての
ことばの重さ

そんなときは
心をしんとして
向き合わなければならない
しっかりと対座し

ちゃんと
目を見て――
しんとする暇もないほど
毎日が
忙しすぎては
いけない！

2019.8.15

## クリキンディ

美味しいものは
食べたくありません
安全なものが
食べたいのです
美味しい水も
要りません
安全な水が
欲しいのです
目に沁みるような
若葉の森がつくりだす
新鮮な空気が
何よりのご馳走です
ほら
深呼吸したく
なるでしょう
その森に
死の灰が降って
いなければ――

１００年前なら
どこでも
手に入れることのできた
ありふれたものたち
いったい
私たちは何を
しでかしたのでしょう
安全なたべもの
安全な水
安全な空気――
それより
大切なものが
ほかにあるのでしょうか

それらはみんな
生きものたちへの
地球からの
贈り物——

そんな地球に
私たちがしている
むごい仕打ち——
便利がそんなに
大事ですか
ひとりひとりが
生き方を変えなければ
地球は救えないのでは
ないでしょうか
燃えさかる山火事を消そうと
くちばしで水を運びつづけた
あの伝説のハチドリ
クリキンディ——
そんなことをしていったい何になるんだ
笑う動物たちに彼はこたえます
僕は僕のできることをしてるだけ
私たちも
クリキンディにならなければ
地球は救えないのでは
ないですか
私たちにつながる
たくさんの
未来のいのちも——

2019.5.17

## 原発事故ストーリー

事実と嘘が
天秤にかけられ
この国のいたるところで
風に吹かれている
まるでシーソーのような
危ういバランス——
信奉者が増えれば
嘘はたちまち
事実のように
振る舞うだろう

その嘘にマスコミが
加担している

嘘を事実にみせかけて
明治の歴史はつくられた
教科書が
先ず子どもたちから
その信奉者を増やしていく
なぜなら
それがいちばん
容易だからだ
国定教科書から検定教科書へ
名前は変ったけれど
その流れは今でも
続いている
そして２０１８年
ついに道徳が教科化された
心がデザイン
されるのだ

この国の政治は
真実の探求には
いたって無頓着だ
代わりに
ストーリーをつくる
福島を見よ
原発事故の原因は
いちはやく
津波による全電源喪失とされた
しかし
それだけなのか
地震の影響は本当に
無かったのか

民間の有識者による
国会事故調査委員会は
地震による1号機損傷の
可能性を指摘しつつ
「事故は人災である」
と結論づけた
しかし国会では
一度も議論されず
この報告書は
今も棚上げされたままである

そして
原発事故ストーリーだけが
あたかもそれが
事実だったかのように
全国津々浦々まで
浸透していくのだ

曰く
事故の原因は
折悪しく想定外の津波が
襲ったからである
それも千年に一度の
大津波である
よって人災であろうはずがない
曰く
地震で原発は自動停止した
地震と事故は関係ない
よって再稼働に
なんら支障はない
しかも世界一の安全基準を
設けたのだから――
とまあこんな具合だ

この国は
事実をストーリーに
合わせてしまうのだ
だから
あってはならないことは
無かったことにされる
古くは
現行憲法に通じる
憲法構想を建白した
赤松小三郎が
歴史から抹殺されたように
新しくは
原発事故直後の
あの鼻血問題が
風評とされたように――

僕らが
このストーリーに
加担すればするほど
この国は
さ迷い続けるだろう
何故なら

僕らは事実からしか
学ぶことが
できないからである
しかも
この国は
その事実を
リアルタイムで壊し続けている
公文書の改竄・破棄という
破廉恥な所業で——

2019.9.4

## 福島の土

俺は福島の土だ
なんの因果か
今では除染土と呼ばれている
俺は今
黒いフレコンバッグの闇の中で
米をつくることも
野菜をつくることもできずに
もがいている——
ああ
お日様に当りたい
雨風に打たれたい
福島の大地に戻りたい
俺の夢は
ただそれだけ——

俺は福島の土だ
俺は今でも不思議だ
チェルノブイリのように
人びとを逃がして
俺らのことは
何故そっとしておいて
くれなかったのだろう
この国の人たちは
みなせっかちだ
セシウムだって
30年も経てば
半分になるというのに——
あの日
白い男たちがやってきて

俺らを剝ぎ取り
闇の中へ放り込み
トラックで運んでいった
仮置き場で
俺らは黒い海になった——

ああ
俺らのために
何兆円もの税金が注ぎ込まれ
その金はみな
ゼネコンへ流れていった
それを被災者のために使えば
安全な場所で
ずっと生活させることだって
できただろうに——
しかも
その除染すら
中途半端なものだった
福島の7割を占める森に
白い男たちはやってこなかった
重機が入らないので
手が出せなかったのだろう

僅かに森の縁を
浚っただけで
彼らは引き揚げた
森の奥は手つかずに
残されたのである——

それからは
不思議なことだらけだ
住んでもいい放射線量の基準が
20倍に緩められ
避難指示が次々に解除された
見覚えのある
爺さまや婆さまたちが
少しずつ戻ってきた
しかし
若夫婦や可愛い子どもたちは
戻って来なかった
きっと
子どもたちの甲状腺がんが
心配だったのだろう
それでも
復興ということばが

嵐のように住民を襲っていた
その推進役もまた
ゼネコンだったのだ――

俺は福島の土だ
なんの因果か
今では除染土と呼ばれている
農家の人からは
あんなに
大事にされていたのに
今ではどこへ行っても厄介者だ
ああ俺らは何故
集められたのだろう
おそらく
放射能だけを集められないから
巻き添えを食った
だけなのだろう
放射能は
管理区域で管理するのが
ほんとうだからだ
引き取り手のない俺らは
仮置き場から
中間貯蔵施設に移された
俺の夢が
また一つ遠のいた――

その俺らが
今また離ればなれに
なろうとしている
こんどは
８０００ベクレル／kg以下は
全国のどこかの
公共事業で使うというのだ
それだって
もともと
１００ベクレル／kg以下の基準を
80倍も緩くしたのだ
そして
その工事を請け負うのは
やはりゼネコンなのだ――
ああ
俺は頭が変になりそうだ
だってそうだろう
ちゃんと管理するために

俺らは集められたんじゃ
なかったのか
俺らの仲間は
東京ドーム18杯分
そのうち
8杯分を全国にばら撒くという
そんなことをすれば
日本中が汚染地帯になるだけだろう
不慮の事故で被曝する
人も増えるだろう
何といったって
恐いのは
内部被曝なのだから――

集めて・選別して・ばら撒く
そのたびに
太っていくのは
ゼネコンだけだ――
ああ
なんという国だろう
人々を逃がしていたなら
ゼネコンには

一銭も払わずにすんだのに――
無理矢理俺らを
大地から引きはがして
挙句のはては
全国にばら撒くなんて――
俺の夢は
永遠に遠のいてしまったのだ

あれからもうすぐ8年
復興を急ぐ人々が
手つかずの森を
忘れてしまったように
多くの日本人は
福島の原発事故のことさえ
忘れ去ろうとしている
原子力緊急事態宣言発令中
だというのに
目の前の
東京オリンピックに夢中なのだ
そのオリンピックで潤うのも
ゼネコンだとしたら
この国は徹頭徹尾

ゼネコン王国なのだ――

しかし
こんなことで
ほんとうにいいのだろうか
いちばん怖いのは
人々が政府の
なすがままにされて
何も気づかずにいることだ
俺が福島の大地に戻れないなら
きっと国民の誰かが
また故郷を追われることに
なるだろう
ああ
もう誰でもいい
俺を元通りにして
福島の大地に
返してくれ！

2019.1.12

## 二つの東京五輪

今にして思えば
あれが全ての始まりだった
僕の恐れは
哀しいことに的中した
２０１３年9月8日
アルゼンチンのブエノスアイレスで
その首相発言は飛び出した
福島の汚染水は
アンダーコントロール――

ぽかんと口を開けて
僕はその画面に見入っていた
えっ
そんなこといってしまっていいの
それが正直な感想だった
二度目の
東京オリンピック
何故それほどまでに
オリンピックに

こだわるのだろう

東日本大震災から
立ち直るために
希望の明りが
欲しかったとでもいうのだろうか
復興五輪という
スローガンが
華々しく掲げられた
まるで
五輪開催が
復興の証でも
あるかのように――

55年前の
東京オリンピック
僕は小学生で
大人たちに交じって
買ったばかりのテレビに
齧りついていた
それほど
オリンピックは
人々を熱狂させる

しかしあの時は
知る由もなかったのだが
あのオリンピックも
戦後復興の
アピールだったというのだ
そして今度は
大震災からの――

ああ
やっぱりそうか
既視感が
脳裏を過る
熊本水俣病が
公式に確認されたのは
１９５６年
しかし公害認定されたのは
実に12年後のことだ
新潟水俣病まで発生し
政府も認めざるを
得なくなったのだ
その間

人々は水俣を忘れ
1964年のオリンピックに
酔いしれたのである
しかも水俣病は
未だに終わってはいない

そして今また
東京オリンピック
2020年というのは
震災と原発事故の9年後である
僕は福島が
第二の水俣にされることを
恐れている
その証拠に政府は
子どもたちの甲状腺がんは
原発事故とは無関係だと
言い張っている

どうしても
復興五輪というのなら
復興の暁に
福島で開催すればいいだろう

原子力緊急事態宣言を
解除してからでも
遅くはないだろう
これは55年前の
オリンピックと瓜二つなのだ
あの時は水俣
そして今度は福島から
国民の眼を逸らしたいだけでは
ないだろうか
ただの一市民ながら
僕は気が気でないのである

2019.10.12

## 理不尽の壁

そんな壁があることも
知らずに
僕は生きてきた
当事者にならなければ
気づくこともない

理不尽の壁――
危うく僕も
この国は平和でいい国だと
勘違いしたまま
一生を終るところだった
あの事故が
起きるまでは――

原子力安全神話
国は五重の防護壁による
その絶対的安全を宣伝し
僕は疑うことすら知らずに
それがつくる電気を
享受していた
国は騙し
僕は騙された
あの事故で
原子力安全神話は
崩壊したといわれた――
しかし
その後の出来事は
さらに異様なものだった

福島第一原発事故の
被災者に対する
この国の仕打ちを
何といったらいいのだろう
原発事故によって降り注いだ
死の灰は
持ち主のいない無主物だという
それは責任者がいない
ということだ
そんな馬鹿な話が
あるだろうか

国は早々に
森の除染はしないと宣言した
その理由は
不可能だからという
しかし
福島県の2／3は森である
森に隣接する住宅は
どうなるのだろう
1／3の平地の部分だけで
除染は終了した

そして
仮置き場という名の
黒い海が出現した
その土を
国はどうするつもり
だったのか

知っているだろうか
8年経った今でも
原子力緊急事態宣言は
発令中である
それにもかかわらず
一般被曝限度の
20倍の線量の地域で
帰還が進められている
しかしそもそも
緊急事態宣言下の
帰還とはいったい何だろう
あの三宅島だって
有毒ガスの収束を待って
初めて帰還したではないか
国はオリンピックなんぞより
緊急事態の収束に
全力を注ぐべき
ではないのか

そればかりではない
甲状腺がんとその疑いのある
子どもたちは
２００名を超えるというのに
原発事故のせいではないという
被災者の
甲状腺測定も割愛したあげく
それはないだろう
初期被曝量も分からない状況下で
事故のせいではないというなら
何のせいだというのだろう
この国に
国民を守る意志は
あるのだろうか

放射能という
目に見えない恐怖と闘いながら
区域外から避難した人々は

勝手に逃げたと罵られた
まるで戦線離脱のような
言い草である
そう言い放った政治家が
もし当事者だったら
彼らは逃げなかったのだろうか
都合よく自己責任論を
ふりかざしながら
意に染まない者には
身勝手のレッテルをはる
あの事故さえなければ
だれも逃げたり
しなかっただろう
そのどこが
身勝手なのだろう

ああ
何という理不尽――
無主物という理不尽
1／3の除染で済ますという理不尽
緊急事態中の帰還という理不尽
甲状腺がんは
被曝が原因ではないという理不尽
そして
自分の身を守ろうとした者たちを
逃亡者のようになじる理不尽
――
理不尽の壁は一方的だ
話し合いを拒絶し
被災者を
シャットアウトする
これがこの国の本性だと
見定めよう

しかも
この国の仕打ちは何もかも
たった一つのことばで
謎が解けるのだ
それは
原発延命のための
新たな神話創生のためなのだ
放射能安全神話――
放射能が見えないこと
症状が晩発性であることを

いいことに
あろうことか
放射能安全神話づくりに
乗り出したのだ
この神話のためには
患者がいては困るのである
しかし
騙されてはいけない
もし放射能が安全だというのなら
そもそも原発安全神話とは
何だったのか

僕らが
科学的にもっと怖がるべきは
内部被曝のほうである
一ベクレルの
放射性物質は
一秒間に一個放射線を出す
想像しよう
もし
体のどこかに
たった一ベクレルでも
取り込んでしまったら
それは時を刻む秒針のように
ずっと
放射線を出し続けるだろう
そして放射線には
遺伝子を破壊させるほどの
威力があるのだ
一分間に60本
一時間に３６００本
一日に８６４００本
少なくとも
数十日それが体外に
排出されるまで
僕らの体は
その脅威にさらされ続ける
その攻撃に
僕らの体ははたして
耐えられるのだろうか
３・11
あの日を境に
僕らの放射線環境は
一変してしまったのだ

こんなにも
国民を鞭打つ国に
僕らは生きている
当事者にならなければ
ほんとうに気づくことは
ないのだろうか
いいや
僕らは知ることができるはずだ
当事者がほんとうは何を望んでいるのか
その声を
聞きにいけばいいのだ
その声から
彼らの心のうちを
想像すればいいのだ
自分ができることで
応援していけばいいのだ
そうして
考え続けよう
この国の政治をみとどけよう
国はいま
処理に困った除染土を
全国にばら撒こうとしている

それならば
何のために集めたのだ？
新たな
理不尽の壁である
原発依存を止めなければ
僕らは全員が
当事者になるかもしれない
そして地球を
巻き添えにするかも
しれないのだ

2019.8.6

## 神様のいいつけ

引越しをしたとき
僕の神様がいいました
観葉植物を枯らしてしまうほど
忙しいのはよくないよ
彼らには
水と光を絶やさないように

そして君には
休息を――

子どもが生まれたとき
僕の神様がいいました
子どもにはいつも優しく
声を掛けてやりなさい
安全な食べ物と
愛情を絶やさないように
そして君には
休息を――

神様ごめんなさい
観葉植物のうち
二つは枯らしてしまいました
でも一つだけ元気です
鉢が軽くなったら
水をやり霧吹きをしています
僕たちの暮らしの
一部始終を
今もずっと見ています

お蔭様で子どもは
母よりも大きくなりました
僕がいっぱい話したので
今は彼女から
いろいろと話してくれます
学校のこと部活のこと
先日は勧められて
『蜜蜂と遠雷』という映画を
観てきました

いつから
夜が休息の時間では
なくなったのでしょうか
二十四時間働けますか
そんなコマーシャルが流行った頃
僕も夜勤をしていました
無理をして
体を壊したこともありました
神様のいいつけを
守らなかったのです

定年退職をしたとき

今度こそいいつけを守ると
神様に誓いました
忙しすぎるのは
罪なことだと知ったからです
忙しすぎて
乱暴なことばで
人を傷つけていたに違いないと
今になって思います
ひょっとしたら
枯らしていたかも
しれないと――

空気を食べるように
ひとはことばを食べて
生きています
優しいことばを掛けて貰えたら
誰だって元気が出ます
だから
相手の心がよく見えるように
いつも
今ここにいたいのです
いつでも
優しいことばを
掛けられるように――

2019.12.12

## ペイ・フォワード

僕が優しくすると
君も優しくしてくれる
僕が怒ると
君も怒り出して
すぐに喧嘩になる
夫婦喧嘩なら
たまにはいいけれど――

国どうしの喧嘩は
ぜったいに困る
この国が優しくすれば
かの国も
優しくしてくれるはずだ
かつて

他所の国には手を出さないと
固く誓ったはず――

もし
国のリーダーが嘘吐きなら
人が信じられない社会が
到来するだろう
そんな社会に
優しさの居場所はないだろう
だから
リーダーの嘘は
ぜったいに困る

ペイ・フォワード
優しさの連鎖
人も国も
きっと
おんなじ――

2019.12.14

## ゆうべの台風どこに居たちょうちょ

風天の寅さんこと
渥美清さんは
風天という俳号をもつ
俳人でもありました
こんな句があります
ゆうべの台風どこに居たちょうちょ

季重なり？
そんなもの気にしません
八・五・三の立派な破調の句です
僕はふと
芭蕉さんの
山路来て何やらゆかしすみれ草
を思い出しました

台風の去った朝
ちょうちょは一息ついて
翅を休めているのでしょう
風天さんがそれをみつけて

覗きこんでいます
よく頑張ったなあと
声をかけて
いるのでしょうか

台風が去ってから
僕はずっと
水位を気にしていました
10分置きに更新される
国土交通省のホームページで
小貝川の水位を
見つめていたのです
時折定点カメラの映像と
見比べながら――

そこは
いつもの小貝川とは
全く別の貌をしていました
天端のすぐ下まで
水が迫っていたのです
水位は一進一退を繰り返し
あわや決壊か

という手前でピークを打ち
ようやく下がり始めました

そのとき
僕もふと思ったのです
河原の葛の葉の下で鳴いていた
あの虫たちは
どうなったのだろう
鴫や鷺や川鵜たちは
どこへ逃げたのだろう
魚たちは濁流にのまれて
流れ下ったのだろうか

渥美さんの心が
ほんの束の間
僕の心にも宿ったのです
渥美さんはいつも
そんな心持ちで
生きていたのでしょう
ゆうべの台風どこに居たちょうちょ

2019.10.18

# 罪滅ぼし

ある修道女がいうには
世の中は
ほんの少しの大切なことと
無数のどうでもいいことで
成り立っているそうだ
いわれてみれば
たしかにそんな気が
しないでもない

僕らの社会が
子どもたちを大切にし
大人たちがゆったりと働き
お年寄りを尊敬する
社会だったら
僕の何人かの知人も
あんなに早く死なずに
済んだのかもしれない

生き馬の目を抜く
競争社会――
あの頃の僕はいつも
馬鹿みたいに忙しくて
自分のことだけで手一杯で
心に一ミリの余裕すらなかった
そのうえ
忙しいことはいいことだと
信じてさえいたのだ

だからかつての同僚の
自殺を知ったときも
ちょっと手を止めて
「えっ！」と
小さく呟いただけで
すぐにパソコンに向かった
あの頃の僕はきっと
冷たい機械だったのだろう
僕のことばは知らずに
たくさんの人を
傷つけていたに違いない

だから車のなかで

その人が
「これは罪滅ぼしなんだ」と
いったとき
僕もそんな気がしたんだ
僕もその人も
世の中がなんか変だなと
思いながら
何もせずにずるずると
定年まで来てしまった
——

僕は数年前から
街角に立って
自分の書いた詩を配っている
世の中が
あまりにも変だから
書かずにはいられないんだ
そんなこと無駄だって思うかい
社会なんて
変えられないって——

ある少女が
いじめにあって自ら命を絶った
「やさしい心がいちばん大切だよ」
ということばを残して——
僕らの社会は
幸せの方向を向いてはいない
競争が
優しさを奪い
僕らは心を
鎧い始めている

しかしみんなが
ほんの少しの大切なことのために
生きはじめたら
世界は変るんじゃないかな
そう
この詩は
罪滅ぼしなんだ!
僕は死ぬまで
街角に立つだろう
四季折々の
風に吹かれて——

# 人生フルーツ

ずっと見たかった
『人生フルーツ』という
ドキュメンタリー映画を
やっと見ることができました
すべての答えは、
偉大なる自然の中にある。
アントニ・ガウディのことばです
彼の設計した
バルセロナの
サグラダ・ファミリア大聖堂は
巨木が枝葉を繁らすように
１３０年以上経った今も
建築中です

主人公の老夫婦は
ご主人が設計した
雑木林のある家に住み
庭の畑で
果物や野菜を育てています
肥料はもっぱら落葉
集めた落葉を
畑にまんべんなく
撒いていきます
それだけで
柿も栗もじゃがいもも
秋になれば
どっさりと穫れるのです
林のなかに据えられた
大きな手水鉢には
小鳥たちが
水を飲みにやってきます
ときには
ヤマガラや
イソヒヨドリも――

人間は地球に
手を入れ過ぎているのでは
ないでしょうか
過ぎたるは及ばざるがごとし

2019.10.29

といいます
人間の欲望が
地球を壊し続けています
地球は私たちの家
自分の家を壊す人が
どこにいるでしょう
それどころか
地球の仲間たちを
物凄いスピードで
絶滅に追いやっています
私たちは
地球にほんの少し手をいれて
その恵みを頂くだけでは
満足できないのでしょうか

私たちが
後世に残すべきものは
水と
空気と
豊かな大地――
何故ならそれが
いのちの源だからです

この映画は
自然に任せるだけで
豊かな土を残すことができると
教えてくれます
それなのに私たちは
化学肥料と農薬で
微生物を殺し続けています
私たちの作りだした
プラスチックや放射能で
地球を
汚し続けています
私たち自身を
汚しながら――

小鳥の声や
風の音といっしょに
今は故人となられた
樹木希林さんのナレーションが
静かに流れてきます
降りそそぐ光のように
いくども
いくたびも

さとすように――
風が吹けば、枯葉が落ちる。
枯葉が落ちれば、土が肥える。
土が肥えれば、果実が実る。
こつこつ、ゆっくり。
人生、フルーツ。
私たちは
自然に任せることを忘れて
頑張り過ぎているのでは
ないでしょうか

2019.11.28

## 君の景色

君には
この世界がどんなふうに
見えているんだろう
君が見ている景色と
僕の見ている景色が
違うとしたら
どれくらい
違うんだろう

僕は今
山登りをしているような
気分なんだ
一歩一歩
見たことのない景色が
目の前に広がってくる
毎日いろんなことを
考えているよ
昨日初めて知ったことが
今日の僕を
変えていく

だれかの考えを
僕はちゃんと聞いているよ
本や新聞や
Facebookを通してね
人の考えを知ることは
とてもためになる
ときどき

はっとするような
気づきを
与えてくれるからね

だから
僕の景色は
毎日変わっていく
君はどうだい？
君の景色は
毎日変わっているかい？
あっ、そういうことだったのか――
そう思ったことが
最近一度でも
あったかい？

考え続けていると
そんなときが
向こうからやってくるんだ
ずっと
考え続けることだよ
そうすれば
この世界が
どんな世界なのか
どんなふうに動いているのか
ずっと謎だったことが
少しずつ
分かってくるんだ
どうしたら
いいかもね

この国には
ほんとうのことを
教えてくれる人が
とても少ないんだ
だから
自分で考えるしかない
だれでも
考える自由を
持っているんだよ
君の頭の中までは
だれも
邪魔できないんだ

今君が見ている景色

それが
今の君なんだ
君が変わるたびに
世界は少しずつ違って見える
どうだい
何だか
わくわくするだろう
その景色を
毎日楽しんでいけたら
どんなに素晴らしいことだろう
難しいことじゃない
考えるだけでいいんだ
君にはそれが
できるんだよ

2019.1.27

## 何故を忘れて

子どもたちから
何故を奪ったら
どんな大人になるのだろう
大人たちが
何故を忘れたら
どんな社会になるのだろう

もし君が
思考停止なんていわれたら
きっと腹を立てるに違いない
人は考える葦だと
葦のように弱いけれど
考える力があると
パスカルは
いったのだから――

しかし
考えるとは何だろう
テストの答えを考え
お昼のメニューを考え
次の休みの予定を考える――
確かに
考えるとはいうけれど
それらはただ

選んでいるだけでは
ないだろうか

考えるとは
自分から問いを立てることだと
僕は思う
何故と問い
その問いに
最後まで諦めずに
向き合うことだと――

詰め込み教育で育った
子どもたちは
果たして
問いを立てることが
できるだろうか
心の内まで採点され
強制される時代――

儲けるために
働く大人たちは
どんな問いを
抱えているのだろう
かつての僕のように
問いを仕舞い込んでは
いないだろうか

子どもたちから
何故を奪ったら
どんな大人になるのだろう
大人たちが
何故を忘れたら
どんな社会になるのだろう

みんなが
思考停止になったなら――
ああそんな社会は
考えるだけでも恐ろしい
けれど
思考停止してるなんて
誰ひとり
自分では
気づかないのだ

# 孤独を生きよう

私は私
あなたとは違うのだと
ことさらに主張しなくても
死ぬときは一人
という事実だけで
私たちは
どうしようもなく一人なのだと
合点することが
できるだろう
そういえば
生れるときも
一人だった

しかし
私たちは
無残にも路上で轢き殺された
猫の死骸を避けて通るように
死を直視することを恐れて
日々の時間を
埋めている
余計なことを考えないためには
忙しいのがいちばんで
しかもそれが
最も賢いやり方だと
言い聞かせて――

須賀敦子はいった
人それぞれ
自分自身の孤独を確立しない限り
人生は始まらないと――
人はいつ
人生を始めるのだろう
始めるまえに
終ってしまう人も
なかにはいるかもしれない
私のそれは
いつだったのか

孤独を確立するとは

2019.10.7

どういうことだろう
すべての生きものが
生き抜く術をもっているように
私たちにも
自在な手足と
喜びの器官と
考える力が与えられている
私たちが
自らの意志で
生き切ることが
できるように――

その毅然として
健やかな立ち姿を
彼女は「孤独を確立する」と
いったのではあるまいか
自身の孤独を見据えて立つとき
私たちは
孤独に立ち向かう互いの勇気を認め合い
称賛せずにはいられないだろう
私たちはともに
孤独を生きる者たちなのだ

それはそのまま
人間の尊厳
でもあるだろう

孤独が
私たちの引力となり
孤独が
私たちの共感の力となる
孤独を生きよう
孤独だからこそ
私たちはつながれる
孤独だからこそ
人の温もりが
こんなにもありがたいのだ
孤独こそ
私たちの常態
なのだから――

2019.10.20

# ことばづかい

お母さんは
正直だから
どう美味しい？
と子どもたちに尋ねる
うん美味しいよ
みんな一斉に応える
ああよかった――
お母さんは胸を
撫でおろす

お母さんは
優しいから
いつも子どもに
寄り添っている
隣のおばさんと
路地で世間話をしていても
眼はちゃんと
子どもを
追いかけている

お母さんが
作ってくれたから
料理は
きっと美味しいのだろう
お母さんが
寄り添っているから
いつでも
安心して遊べるのだろう

美味しいも
寄り添うも
それを受け取った
子どもたちが
感じとること
ほんとうは
きっと
そうに違いない――

けれど
この国では
作る側が美味しいといい
行政の側が寄り添うといい

殊更に
丁寧などと言い添える
そして
だれもそれを
怪しんだりしないのだ

ことばを
正しく使わないので
この国は
今では混沌状態だ
そのことを
お母さんたちが
いちばんよく
知っている——

2019.4.2

## 12年で

戦争と原発は似ていると
その人はいった
僅かな人の利益のために
多くの人が
犠牲になっていると——
その人の名は
ダニー・ネフセタイさん
元イスラエル空軍兵士
今は日本の家具職人
イスラエルでは
建国記念日に
どこの学校でも
国にために死ぬのはすばらしい
と教えるそうだ

園児は戦車の模型をつくり
小学校の校庭には
当り前のように
古い大砲や
戦闘機が飾られているという
戦闘員をつくる教育
その期間は
たったの12年だ
6歳で入学した子どもたちは

12年で
18歳になる
この国でも
先頃民法が改正され
成人年齢が18歳に
引き下げられた

２０１８年
とうとう道徳教育が
教科化された
それは
いったい
何を意味するのだろう
戦前
修身という名の
道徳教科書があった
ある教科書には
豊臣秀吉や上杉鷹山や
フランクリンなどといった
偉人たちが登場し
進取や倹約や公益といった
徳目が語られている

そして
そのようになりなさいと
子どもたちを
仕向けるのだ

もちろん
秀吉のようになりたいと
思う児童もいれば
そう思わない児童も
いるだろう
しかし
教科となったとき
そう思わないでいることは
許されないだろう
道徳教科化とは
心の強制のことだ

ましてや
相手はまっさらな
子どもたちである
乾いた砂に水が沁み込むように
彼らは

何も疑わず
道徳を学んでいくだろう
戦前の修身教育が
生み出したものは
数知れない
軍国少年
軍国少女だったと
いわれている

2006年
第一次安倍内閣は
教育基本法を改正し
愛国心を
教育の目的に据えた
それから12年後
道徳が教科化された
愛国心と道徳
それは
戦前の教育勅語と修身と
瓜二つではないか
今この国は
専守防衛のタガを外し
普通に戦争できる国に向って
憲法まで
変えようとしている

少しずつ
少しずつ
そして12年で
ガラリと変わる――
特定秘密保護法
武器輸出解禁
安保法
通信傍受法改正
共謀罪
さらに12年後の
2030年
道徳教科化世代が
成人するとき
この国はどうなって
いるのだろう

かつて
憲法で戦争はしないと

決めたこの国
絶対戦争はしないと
外交で臨むのか
戦争も辞さないと
軍拡競争に
現を抜かすのか
僕らの選択が問われている
それは
子どもたちを
戦闘員にするかしないかという
究極の選択なのだ
国の専権事項なんかじゃない
それを決めるのは
僕らの一票である

2019.6.2

## 茶色の朝

情報が多すぎて
処理しきれなくなると
目を覆って
見えないようにするんだって
耳を塞いで
聞こえないように
――
自分を守るためにね

そりゃそうだよね
世の中には
目を覆いたくなるような
痛ましいことも
耳を塞ぎたくなるような
悲しいことも
じっさい
たくさんあるからね

そうするうちに
目を覆わなくても
耳を塞がなくても
見たいものを見
聞きたいものだけ
聞こえるようになるんだって

そしてついに
考えることを
止めてしまうんだ
ただ心地よく
暮らすために――

ああ、そうなんだよ
みんな
自分だけの快適な部屋に
閉じ籠ってしまうんだ
ときおり
胸の小づちが騒めいて
君に知らせる
何か変だよ
外の方が――

君はなんど
その声を
打ち消したことだろう
大丈夫、まだ大丈夫
胸の小づちが高鳴って
何とかしなきゃと
叫んでも
大丈夫、
まだ大丈夫――

ある朝、突然
若く頑健な君のもとへ
一通の手紙が届く
召集令状
――
もう手遅れだ
世の中が茶色になって
しまったんだ
茶色の朝を
引き寄せたのは
そうさ
僕らの無関心
だったのさ

2019.5.15

# 一汁一菜

お昼頃になると
近くのコンビニの駐車場が
いつもいっぱいになります
近くで働く作業員や
通りがかりの営業マンが
弁当や飲み物を買うために
立ち寄るのでしょう
私も外回りの仕事だったので
現役の頃はずいぶん
お世話になりました
その頃は
添加物のことなど
少しも気にして
いなかったのです

食品添加物は
大量生産し広く売るためのもの――
弁当やおにぎりを買うとき
私たちは
食品添加物にも
お金を払っています
きっと
私たちの忙しさが
コンビニ弁当を
支えているのでしょう

『一汁一菜でよいという提案』
という本の中で
土井善晴さんは
家庭料理は
まずくてもかまわない
料理することは
すでに愛している
食べる人はすでに愛されている
と述べています
一汁一菜は
無理しなくてもいいから
作ることが大切という
ことなのでしょう

私たちが

出来合いの食事を
買うようになったのは
いつの頃でしょうか
コンビニが初めてできたのが
1970年頃のことです
コンビニ弁当が
ヒット商品になるのは
少し遅れて90年代と
いわれています
もう30年以上も
私たちは今のくらしに
馴染んでいるのです

土井さんが
提案しているのは
買う食事から作る食事へ
それもずっと続けられる
シンプルなかたち――
中国には
医食同源という
ことばがあります
この国には
身土不二という
ことばも――

料理することを
くらしの中心に据えると
私たちは
食材選びから
始めることになるでしょう
そこには
農薬や放射能
遺伝子組み換え作物
といった問題が
否応なく
横たわっています
土井さんの
一汁一菜という提案は
家族が幸福に
生きていくための
深い知恵のように思えて
ならないのです

2019.3.19

＊『一汁一菜でよいという提案』土井善晴著　グラフィック社

## みんなはお化け

みんなという
ことばがある
僕もよく使う
そんなの
みんな知ってるよ
みんなどう思う？
それが
みんなの意見だ！
みんなといわれると
僕らはなんだか
たじたじになる
そうか
みんな知ってるのか
やばい
僕も知らなくちゃ

みんなはむかし
クラスのみんなだった
幼稚園
小学校
中学校
だから
みんなの顔を
僕はみんな知っていた
僕の中に
みんなは確かに
いた
先生がいう
みんな静かに！

おとなになって
クラスのみんなは
バラバラになった
だけど
みんなということばは
僕の中に残った
学校の続きのように――
だから

みんなの意見だと
いわれると
わけもなく
従っておこうという
気持ちになる
みんなと一緒だと
安心だから――

でもある時
僕は気づいた
今のみんなはもう
クラスのみんなじゃない
じゃあいったい
みんなって誰?
みんなって何?
みんな見ているテレビ?
みんな持ってるスマホ?
そして今では
みんな同じといわれると
僕は
なんだか怖くなる

僕は思う
顔も知らないみんなは
みんなじゃないと
ほんとうは
みんななんか
いないんじゃないかと
違う顔した一人一人が
いるだけだ
それなのに
お化けのみんなに
ただなんとなく従って――
みんなはお化け
僕らの
臆病な心の中に
住んでいる

2019.11.14

# V　2020年

## その先のこと

添加物を体に入れつづけた
その先のことを
考えてみる
低線量の人工放射線を浴びつづけた
その先のことを
考えてみる
ペットボトルをポイ捨てした
その先のことも――

僕は僕の体のことを
てんで知らない
体がどんなに苦しんでいても
細胞の声を聞くことはできない
僕にできるのはただ
入れないこと
浴びないこと
捨てないことだ

体が拒むものを
食べつづけたら
僕らの体は
いつか病気になるだろう
自然が消化できないものを
捨てつづけたら
僕らの地球は
いつか壊れてゆくだろう

レッドデータブック
あれは
人類が絶滅へ追いやった
いのちのリスト
もはや生き返らせることは
できない――
人類が
絶滅危惧種にならない

という保証は
どこにもない

# タモリさんのサングラス

2020.5.8

タモリさんといえば
サングラスである
素顔のタモリさんを
僕は知らない
なぜなら
タモリさんといえば
サングラスが
当り前なのだから——
そうなのだ
当り前のことを
僕らは詮索したりしない
僕らは問いを忘れ
当り前は永遠につづくと
錯覚してしまうのだ

ところが
あるときふと気になって
タモリ　サングラス
と検索してみたのだ
すると
タモリさんの素顔の画像が
いきなり飛び込んでくるではないか
サングラスの理由は
諸説あるようだが
そんなことより
タモリさんの
素顔を知ったことは
ちょっとした驚きだった

僕らが当り前だと
思っていることが
実は僕らの生活様式の
土台になっているのでは
ないだろうか
当り前は
長い歳月をかけて作られる
たとえば

戦後生まれが増えていけば
平和が当り前になり
嫌煙者が増えていけば
喫煙所が当り前になるだろう
だから
平和安全法制を
戦争法だといわれても
集団的自衛権が
危ないといわれても
まさか
と思ってしまうのだ

僕らは僕らの住む
小さな世界の当り前に囚われて
生きている
疑う必要のないこと
疑ってはいけないことが
当り前のことなのだ
しかし今
その当り前が
脅かされているとしたら
君はどう思うだろうか

水と空気と食べもの
このなかで
絶対安全だと断言できるものが
はたして
一つでもあるだろうか
平和はどうだろう
ずっと平和が続くと
誰が断言できるだろう
僕らには
智恵による舵取りが必要だ

ＳＤＧｓということばを
君も聞いたことがあるだろう
持続可能な開発目標――
森には
森の生きものたちを育む
森の時間がある
川にも
川の生きものたちを育む
川の時間がある
海にも
大地にも

それぞれのいのちを育む
それぞれの時間があるのだ
そこには
はじめから
循環する持続可能な時間が
流れていたのでは
ないだろうか

もし
自然のなかの
それぞれの時間を無視して
人間の時間に従わせようとするなら
それは
破壊しかもたらさないだろう
その代償を支払わず
儲かったと喜んでいるのが
人間なのかもしれない
自然は
人工放射能や
農薬や遺伝子組み換えによって
破壊され続けている
グローバル企業がすすめる

種子と水の独占は
経済的支配と隷従を
加速させるだろう
TPPは
国民のいのちを企業に
売り渡すことなのだ
そのお先棒を
政府が担いでいる

ふだん当り前だと
思っていることを
ほんの少し疑ってみよう
水道民営化
種子法廃止
内部被曝
南西諸島自衛隊配備

ちょっと検索するだけで
僕がタモリさんの素顔を
見つけたように
この国の素顔が
見えてくるだろう

君は既に検索ツールを
もっている
スマホで検索するだけで
この世界の素顔も
数秒先にあるのだ

2020.5.18

## たまゆら

46億年の
地球の生い立ちのなかに
君のいのちを
置いてみよう
その途方もない
地球の時間からすれば
僕らはみな
ほんの一瞬の
時の旅人に過ぎない
その一瞬を
たまゆらという

たまゆらは
玉が触れ合う
かすかな響きのことでもある
一つでは鳴らない玉も
二つなら
三つなら
打ち鳴らすことができる
君はだれと
その音を
鳴らすのだろう
人もどこか
たまゆらに似ている

時間は
僕らの外にあるのではない
僕らが生きていることが
時間なのだ
だから
生きている
いのちの数だけ
時間がある
僕らは

それぞれ
固有の時間を
生きている

君の傍にいる人は
いつから
君の傍にいたのだろう
両親、恋人、友達、同僚
人は寄り添い
いつか離れていく
僕らは生涯に
どれくらいの人と
寄り添うのだろう
その人数を
地球に住むという
76億もの人々の数と
比べてみよう

君の傍にいる
その人たちはみな
たまゆらを奏でる
かけがえのない人たちだ

そうさ
何の変哲もない日々を
当たり前のように
君の傍にいる人
今日も
やあといいながら
君の傍にやってくる人
その出会いこそが
ほんとうの
奇跡なのだ――

2020.2.26

## 何でもいえる場所

スウェーデンでは
子どもたちにまず
民主制の大切さを教えるという
それがかの国の人々が
最も大切にしている
価値だからだ

具体的には
誰もが自分の意見を
いえるということ
誰かの顔色を窺うことも
空気を読む必要もない

民主制の根本は
個人の尊厳ということだ
だから
何でもいうことはできるが
ヘイトだけはだめだ
それは個人の尊厳を
傷つけることだから――
表現の自由とは
権力に立ち向かうことだ
弱者に向かうヘイトが
表現の自由である
はずがない

スウェーデンは
人口が一千万人程だ
人はみなそれぞれが
幸せに生きる権利がある
先生たちは
こぞって
その手助けをしたいという
子どもたちが
学ぶのは
それぞれの幸せを
見つけるためなのだ

日本の学校制度は
明治の初めにできた
その頃の
日本の人口は約３５００万人
教育の目的は
数パーセントのエリートを
作ることに注がれた
国家を動かすために――
学びの目的は
立身出世
それは
今でも変わらない

だから
官僚も政治家も自己保身に
余念がないのだ
今だけ金だけ自分だけ――
しかし
その対極には
世のため人のためがある
みんなのために働く人を
僕らは何人知っているだろう
官僚を変えるには
教育改革が必要だ
政治家を変えるには
僕らが
変わらなければならない

この国には
民主的な場所はない
と僕は思う
自分が思ったことを
何でもいえる場所
いっても
誰にも笑われない場所

そんな場所が
どこかにあるだろうか
みんな
ことばを飲み込んで
生きている

ないなら作ればいいと
僕は思う
僕はあるとき
哲学対話というのを知った
その八つのルール――
何を言ってもいい。
人の言うことに対して否定的な態度をとらない。
発言せず、ただ聞いているだけでもいい。
お互いに問いかけるようにする。
知識ではなく、自分の経験にそくして話す。
話がまとまらなくてもいい。
意見が変わってもいい。
分からなくってもいい。
まず
自分から実践してみよう
何でもいえる場所を

作るために――
そこは恐らく
権威から最も遠い場所に
なるだろう

2020.3.13

## 君の何故

学校や
塾で教わったことは
すべて
与えられたものだ
けれど
君の心に芽生えた何故は
君だけのもの――
もっと
よく知るために
もっと
深く知るために
何故が
君を導いていく

何故は
君が世界を知るための
道しるべだ
教わったことを
ただ
鵜呑みにするだけでは
プログラミングされた
ロボットとおなじ――
何故は
君が君自身になるために
必要不可欠のものだ
何故を手がかりに
君が掴みとったものが
君自身を
つくっていく

学校で
職場で
あらゆる場所で
何故は奪われ続けている

何故を奪われ
まるでロボットのように
僕らは
働き続けている
僕らにはもう
何故を奪われた
自覚さえ
ないのだろうか
さあ
君の何故を取り戻そう
ロボットで
いたくなければ——

2020.3.20

## 今ここにいますか

今ここにいますか
あなたの心も一緒ですか
目の前にいる人を
ちゃんと見ていますか
その人は
ふだんと変わって
いませんか

心が乱されることは
ありませんか
やることが多すぎて
先のことに
囚われていませんか
そんなとき
あなたの心は
今ここには
いないのです

わたしたちは
ほとんど無意識に
体や器官を動かして
生きています
見ることもその一つ
けれども
心が今ここにいなければ
たとえ見えていても

心に届くことは
ありません

今ここにいますか
あなたの心も一緒ですか
目の前にいる人の心を
感じることができますか
たとえ遠くにいても
災害や悪政のために
苦しんでいる人々の心に
寄り添うことが
できますか

たとえ
どんなに忙しくても
ちょっと深呼吸するだけで
今ここに
いることができます
そうすれば
だれの心にも
優しさが溢れだしてくると
わたしは信じています

今ここに
ともに生きる
いのちですから――

2020.3.25

## 僕の中の神様

折角
生まれてきたのだから
みんなで
幸せになればいいと
僕は思う
そう思うのは
僕のまんなかにいる
僕だ

人は
すこしずつ変わるものだから
見守りながら
ずっとその人の傍にいたいと

僕は思う
そう思うのも
僕のまんなかにいる
僕だ

それを
いつしか僕は
僕の神様と呼ぶようになった
僕の神様は
僕を見ている
もう一人の
僕でもある

自分だけ
幸せならいいなんて
とてもとても——
僕の神様がいうと
あたしだって
とてもとても——
時々そうやって
僕と君の神様どうし
話し合ってる

みんなが
本音で話し合えたら
世界は少しずつ
変わってゆくだろう
僕らの中に
ひとりずつ
神様が
いるのだから

2020.4.6

## 縦と横の時間

不思議なことだが
現役時代の僕は
今ここにいることが
なかなかできなかった
頭のなかには
いつも次の仕事があって
今やっていることを
できるだけ早く済まそうと

そればかり――
仕事以外でも
ムリ・ムダ・ムラが
気になって
仕方がなかった
それが
効率を求めた結果だと
気づいたのは
ずっと後のことだ
効率を求めれば
その仕事を
いかに早く終わらせるかが
最大の関心事だ
仕事を楽しもうなどとは
思いもよらなかった
楽しむのは
今ここにいる
ことだから――

僕は仕事の傍ら
ずっと俳句をつづけてきた
仕事が忙しいときは
ひと月に一句もできないこともあった
何故か俳句をつくるモードに
なれないのだった
その理由が
ある本を読んで分かった
それは
流れている時間のせいだと――
その本は
哲学者の内山節さんの書かれた
『時間についての十二章』
である
内山さんは
時間には
縦と横の時間があるという
縦の時間は刻々と消滅し
横の時間は
循環し再生する時間のことだ
四季を詠む俳句は
横の時間に属していたのだ

生から死へと
真っ直ぐに延びる時間――

それが縦の時間である
それは無機的で
どこか味気ない
効率の単位となる時間は
二度と戻ることのない
縦の時間だったのだ
いっぽう
横の時間とは
四季の巡りとともに
永遠に循環する時間である
四季とともにある農家の仕事は
この横の時間によって
紐づけられる
農事暦は
その典型だろう
種蒔・田植・田草取
季語にもたくさんの農作業が
採録されている

戦前の農業社会は
戦後の国策によって
工業社会へと切り替わってゆく

多くの国民が
第一次産業から
第二次、第三次産業へ移動した
僕もその一人である
それは
横の時間を捨て
縦の時間に組み込まれる
ことだったのだ
その象徴が
腕時計だったのでは
あるまいか
僕らはいつしか時計の時間に
支配されていく
それはたとえば
定刻に会社にいくという
ことのために
逆算されている
時間でもあったのだ

戦前農民たちは
永遠に循環する時間のなかに
みずからの生死をも

組み込んでいたという
みずからの命もまた
循環するものの一つであると――
だから死もまた
一切を無に帰するものではなく
再生のための
過程にすぎない
しかし
今や現代人は
一分一秒でも
おのれの命を引き延ばすことに
懸命だ
それは生きている時間だけが
すべてだからだ
しかし
どんなにあがいても
永遠のいのちを
得られるわけではない

僕は
俳句によって無意識に
横の時間への回帰を
企てていたのだろうか
もしそうだとすれば
生活のために
縦の時間に生きることは
苦役以外の
何物でもないだろう
農業のように
その時期に応じて
種をまき実りを収穫するのなら
循環を信じて
今やるべきことをやるだけでいい
安心して
今ここにいればいいのだ
僕が定年後に
俳句三昧の生活を望んだのも
縦の時間から逃れるためだった
のかもしれない
横の時間と
縦の時間
僕らは何を失い
何を得たのだろうか

2020.5.14
＊『時間についての十二章』内山節著　岩波書店

# 柵

朝靄の向こう
遥か遠いところに
柵が張り巡らされているのを
君は知っているだろうか
靄の切れ間に
ふとのぞく柵を
気に掛けるものは
殆どいないけれど――
しかし僕らは
羊のように
その柵の内側で
生きている

僕らはだれもが
自由意志で動いている
と思っている
自由意志
なんと魅惑的なことばだろう
しかし
一方で僕らは
自由意志で学校へ行き
自由意志で会社に行く
わけではない
みんなが当たり前に
やっていることだから
ただ自分もそうしているに
過ぎないのでは
ないだろうか

僕らは勉強しなければ
いい学校にいけないし
いい会社にも入れない
いい会社とは
安定していて
給料もいい会社のことだと
みんながいってるし
君もそう思い込んでいる
しかし

みんななんて
ほんとうはいないし
確かめられるのは
せいぜい数人にすぎない
僕らは
知っていることと
信じていることで
できているけれど
その多くが教わったことで
確かめようがないし
信じていることが
ただの思い込みかもしれないなんて
どうしたって
気づきようがないのだ

それが
柵のこちら側の世界である
殆どの人は
柵のことさえ知らずに
生きてそして
死んでいく
柵に気づいたものだけが
柵を飛び越えてゆくだろう
自由意志
なんと魅惑的なことばだろう
しかし
殆どの人は
そのほんとうの意味さえ
知ることはないのだ

2020.6.5

## 思いあふれる人は

一日中誰かと
話しても
思いあふれる人のことばが
尽きることはないだろう
彼はいつだって
考えているのだから──
一本の苗木が育つように
考えれば考えるほど

幹は太くなり
無数の枝が伸びていく
その先には瑞々しい若葉が
風に吹かれている

小説も詩も歌も
あれらはみな
思いあふれる人の言の葉――
絵も音楽も彫刻も
あれらはみな
あふれる思いのかたち――

思いあふれる人は
命の歌を聴いている
凡ての命は
過去とつながり
見えている景色は
現在という表層に過ぎない

たった一人で
立てる命など何処にもないのに
人はなぜ忘れてしまうのだろう

自分の命を遡れば
無数の父と母に
繋がっていることを――

さらに遡れば
一組の父と母に行き着くはずだ
地球という同じ家の中で
命の道理を忘れて
人はなぜ
争い傷つけあうのだろう
思いあふれる人の哀しみを
誰も知らない

2020.9.11

## それでも

スタンディングを始めて
3年が過ぎた
もう3年
まだ3年

石の上にも3年ともいう
しかし石はまだ
冷たい

それでも
固く閉ざされていた
街の扉が
少しずつ
開いてきたように
思うのは
錯覚だろうか

週一回駅頭で
詩を配っているけれど
僕が詩人かどうかなんて
自分にもわからない
だけど夜明けに
ことばが降りてくるのは
ほんとうだ

そういえば
詩人はみなカナリアだって
だれかがいっていた
昔炭坑夫といっしょに
地底深く連れていかれ
有毒ガスで
真っ先に死んだという
カナリア――

詩はことばが命だ
しかし
ことばはとても曖昧で
ときに暴力的だ
それは
使う人しだいなのだ
それでも
僕はことばを信じたい
偽りのない
まっすぐなことばを
君に届けたい

たとえ
その詩の一節だけでも
君の心に届けることができたら

それだけで僕は本望だ
僕のことばは
君のなかで
生き続けてくれるだろう

詩人とは
おそらくそういうものだ
忘れ難い詩のフレーズを
人々の心に灯してゆく
しかし
そのことばのゆくえを
だれも見届けることは
できない

スタンディングを始めて
3年が過ぎた
もう3年
まだ3年
石の上にも3年ともいう
しかし石はまだ
冷たい

それでも――

2020.7.10

## もしもエライがなかったら

もしもエライがなかったら
エライ人はいなくなる
先生も社長も総理大臣も
エライ人ではなく
みんなただの人だ
もし先生がただの人なら
だれも先生のいうことを
きかなくなるだろうか
いいや
僕らは先生が正しいと思えば
それに従い
そうでなければ
堂々と意見をいうだろう
遠慮することはない
先生はもう

ただの人なのだから――
先生がただの人なら
僕らはもっと正直になって
僕らの意見をいうだろう
先生はもっと謙虚になって
僕らの話をきくだろう
話し合うのは
分かり合うためだ
分かり合えば
少しずつでも
今よりは
仲良くなれるだろう
もし先生と僕らが仲良しなら
学校は楽しくなるだろう
学校が楽しければ
いじめなんかしているひまは
ないだろう

もしもエライがなかったら
心配性の大人たちがいうように
社会はばらばらになるだろうか

いいや
もっともっと話し合いが行われて
みんなが仲良くなって
むしろ社会はまとまっていくのでは
ないだろうか
もしもエライがなかったら
だれも見上げなくてもいいのだ
もしもエライがなかったら
だれも見下げなくてもいいのだ
もしもエライがなかったら
いったいだれが
困るのだろう？

2020.8.30

## 名を正さんか

ことばを乱す者は
世の中を乱す者だ
だから
名を正さんかと

孔子はいった
つまり
ことばを正しく使えと
いうことだ

政治家の嘘は
もってのほかだが
嘘ではなくても
聞くに堪えないことばがある
国会中継を聞いていると
話し手が
丁寧に説明するなどと
平気で使う

しばらく
開いた口が塞がらない
丁寧な説明というのは
聞き手の評価であって
断じて
話し手がいうことではない
そんな破廉恥な
政治家や官僚が
うようよいる

真摯ということばも
同様だ
真摯に対応したいなどと
ぬけぬけと使う
まさに
「自分で言うか」である
真摯も本来は
他者の評価だろう

そういえば
総理もひところ
寄り添うということばを
頻繁に使った
そして
そのことばとは裏腹に
原発事故の
区域外避難者支援を打ち切り
沖縄の県民投票を
蹂躙して
基地建設を強行したのだ

ことばは信の源だ
ことばが乱れれば
世の中の信がぐらつく
互いを信用できなくなれば
社会は内部から
崩壊してゆくだろう
それは国を亡ぼすことに
つながるだろう

総理の好きなことばは
改革　異次元
大胆　あらゆる施策
総動員　力強く
更なる　しっかりと
成し遂げる――――
国民を見ようともしない
政治家の虚言に
惑わされてはいけない

2020.5.27

## 百年前の亡霊

あなたは
住んでいる町の議員さんを
何人知っていますか
その方と
話したことはありますか
どんな考えの人か
分かりますか

この町に越してきて8年間
現役時代の僕は
議員さんのだれとも
話したことがありませんでした
だから
ほんの僅かな情報を手がかりに
何となく投票していました

そんなことが
何だか変だと気付いたのは
定年になってからです

だってそうでしょう
どんな人か
よく知らずに選ぶなんて
とてもおかしなことだと
思いませんか

僕はずっと
投票にはいくべきだと
思っていました
投票にいかないのは悪いことだと
思っていたのです
それなのに
投票率はなぜこんなに
低いのでしょう

しかし
考えてみれば当然です
あれは投票にいかないのではなく
いけないのではないでしょうか
人となりを知らなければ
まともな判断など
できないでしょう

しかしそんな機会は
向こうからは訪れないのです

もし仮に
やる気に燃える青年が
支援者も組織も持たずに
独自に立候補しようとして
戸別訪問したり
少しずつ
事前に選挙運動をしようものなら
忽ち捕まって
しまうでしょう

何故なら
１９２５年に制定された
普通選挙法の規定が
25年後の公職選挙法に引き継がれ
さらに70年を経た今でも
候補者の事前運動を禁止し（１２９条）
未成年者の
政治に参加する機会を奪い（１３７条）
戸別訪問すら禁止（１３８条）

していくからです

そうです
公職選挙法が
僕らと候補者を引き裂くように
立ちはだかっているのです
民主国家で
このような国は
他には一つもないでしょう
僕らは未だに
百年前の亡霊と
一緒なのです

2020.10.8

## 投票クラブ

投票に行かない
僕らが悪いのだ
秋葉原の駅頭で
ヤジを飛ばした人を指さし
「こんな人たちに負けるわけにはいかない」
と言い放った
あんな総理を
間接的に選んでしまった
僕らが悪いのだ

政治なんて関係ないと
どんなに強がってみても
法律一つ作られたらおしまいだ
2013特定秘密保護法強行採決
2015安保法強行採決
2017共謀罪法強行採決
憲法違反の臭を
ぷんぷんまき散らしながら
それでもその法律は
ぜんぶ生きている――

生きている法律を
改訂するのは
造作もないことだ
あの派遣法をみるがいい
始め数業種限定でスタートしたのに

今では全業種に拡大されている
例外が普通にされたのである
いまや労働者は
正規と非正規に
完全に二分された
こんなことが
許されていいのだろうか
だから貧富の格差も
拡大するいっぽうなのだ

それでもまだ君は
政治なんて関係ないと
うそぶいていられるだろうか
このコロナ禍の最中
わが首相のリーダーシップは
先進7カ国中
最下位だそうだ
それはそうだろう
一家族にマスク二枚を
どう評価しろというのだ
あれは国民を見くびっている
証拠ではないのか

それもこれも
僕らが投票に行かないからだ
僕らが投票に行かないから
彼らは何をしても
安泰なのだ

空気を読めなどといわれて
ことばを奪われてはいけない
会社で政治の話はするなと
もっともらしくいわれても
従う道理はない
政治は生活そのもの
僕らの未来まで
デザインするものだ
その資金は
彼らのポケットマネーではない
僕らが税金として
預けた金だ

国民負担率ということばを
君は知っているだろうか
総収入のなかで

国民が税や社会保険料として
負担する割合のことだ
それがいまや
5割なのだ
政府が自己責任というのなら
半分は政治の責任だと
堂々と
言い返すべきだろう

政治家にとって
好都合なのは
僕らが政治に無関心でいることだ
批判もされず
責任をとることも
ないのだから――
嘘つくな
捨てるな
隠すな
誤魔化すな
君の心の中にある叫びを
仕舞い込む必要なんて
どこにもない

彼らがマスコミを使って
がなり立てるなら
僕らは
連帯の力で対抗しよう
僕らには
インターネットもＬＩＮＥも
ＳＮＳも口コミだって
あるじゃないか
いまや
個人や小さなメディアが
マスコミに代わって
真実を伝えはじめている

政治が悪いと
百万遍言ったところで
何も変わりはしない
そんな政治家を選んでいるのは
僕らなのだ――
この国は今
あからさまに
憲法に背いている
作られた法律を

繋げてみれば分かることだ

声を上げよう
小さな声を集めて
地鳴りのような
大きな声を作っていこう
投票に行こう
選挙権は一人一票だけど
やっと勝ち取った大きな権利だ
それこそが
僕らの力の源泉なのだ
それをみすみす手放すなんて
愚かなことでは
ないだろうか

投票クラブ
それは
必ず投票にいくと
自分に誓った仲間たち
自分の住む場所から
投票率を上げようと活動している
全国の仲間たちのことだ

投票クラブ
それはいつの日か
僕らの連帯の証に
なるだろう

2020.8.20

## 少しずつ

あるおじいさんから
空襲や学童疎開の話を聞いた
そのおじいさんは
少年の頃に見た東京大空襲が
今でも忘れられないという
当時住んでいた小岩の自宅から
下町一帯が焼夷弾で焼かれるのを
ただ茫然と
見ていたそうだ

その記憶は
75年経った今でも

鮮明に蘇るという
敗戦色の濃くなった１９４５年
日本各地の都市が標的になった
東京も度々爆撃を受けた
米軍の狙いは
非戦闘員を
家屋もろとも焼き尽くす
ことだったのだ

別けても
3月10日の東京大空襲は
死者10万人罹災者１００万人にも
及ぶ大惨事だったという
その中には
小学校の卒業式のために
疎開先から帰京していた
たくさんの子どもたちが
含まれていた
おじいさんと同い年の
子どもたちが――

淡々と話す
おじいさんのことばから
深い悲しみが伝わってくる
おじいさんは
戦後しばらくの間
花火を見ることが
できなかったそうだ
おじいさんはいった
少しずつそれはやってくると――
まるで遺言のように
繰り返し繰り返し
そういったのだ
少しずつ少しずつだと――

思えば戦前
治安維持法ができたのが
１９２５年４月のことだ
その後じわじわと
対象は拡大されていく
１９３７年8月
軍機保護法が全面改訂される
そして１９４１年5月
国防保安法が施行され

政府は秘密主義を強めていく
1945年10月
敗戦とともに廃止された
これらの法律は全て
戦争遂行法だったのだ

それから68年
戦争経験者が
次第に鬼籍に入っていくのを
見計らったかのように
2013年12月
特定秘密保護法がつくられた
特定秘密とは
安全保障上の
秘匿を要する事項らしいが
それが具体的に何なのか
国民は知る由もない

その2年後
2015年9月
平和安全法制がつくられる
戦後一貫して
集団的自衛権を認めなかった政府が
一転してそれを容認した
憲法学者が挙って
憲法違反だと反対した法律を
むりやり押し通したのだ
その一年前の2014年
政府はすでに
武器輸出三原則を見直し
防衛装備移転三原則として
事実上
武器輸出を解禁している

さらに
2017年6月には
共謀罪法強行採決
テロ対策を装って
共謀段階での取り締まりを強化した
2018年には
小学校で道徳が教科になり
子どもたちは
愛国心教育に
さらされていく

そして２０２０年
今や政府は
敵基地攻撃能力などと
いい出す始末だ
少しずつ事態は進行している
少しずつ少しずつ
おじいさんのことばが
現実になっていく
少しずつ小出しにして
気づかれないように慣れさせて
それが彼らのやり方なのだ
もういい加減
見破ろうではないか
僕らは流されているんだ
戦争に向かって！

2020.9.2

## 生々流転

いつもの散歩道
小貝川の土手に立って
しばらく
筑波山を眺める
薄藍の山容は
くっきりとして
どことなく優しげだ
芽吹きはじめた
川べりの灌木が
水面を萌黄色にそめ
豊かな水が
音もなく流れてゆく

筑波はいつから
筑波だったのだろう
芋銭がくりかえし描き
子規が
赤蜻蛉筑波に雲もなかりけり
と詠んだ筑波山――
その上空には
今しも
数朶の雲が
数珠つなぎに

浮んでいる

そういえば
この小貝川も
僕の生れるずっと前から
流れ続け
深く蛇行し
大曲という地名まで
残している
いつも見なれた
あの鬼胡桃や川柳だって
僕よりずっと
長生きだろう
歳は明かさないけれど
毎年少しずつ
年輪を刻んでいる

そのとき
ふいに
生々流転ということばが
浮んできた――
そうだ

川の水は流れさり
一秒とて同じ川面はないのだ
空も木々も
そしてこの僕自身も
生々流転するいのちを
生きている
それを僕らが
類型ということばの鋳型に
はめ込んでいるだけなのだ
世界を理解する
手立てとして――

川と呼び空と呼び木と呼ぶ
ことばはとても乱暴だ
一つとて
同じものはないのに
一瞬たりとて
変転しないものはないのに
生きながらピンでとめる
まるで蝶の標本か
何かのように――

そして僕らは
類型という幻想のなかで
あり触れた空を眺め
代わり映えのない日常だと
嘆きながら
生きている
もはや目は何も見ず
耳は聞こえず
季節は音もなく流れてゆく

しかし俳人は違う
移ろいゆく季節の景物に
いちいち立ち止まり
こころを寄せる
俳句とは
ことばが類型のなかに
埋めてしまったものを
ことばによって
ふたたび
掘り起こす作業なのだ

世界は今
新型コロナのパンデミックで
ゆれている
世界中のいのちが
今この瞬間を生きている
生々流転――
僕らもその一形態に過ぎない
国が違っても
人種が違っても
生きようとするいのちの営みに
変りはないだろう

ああ
僕らが生きている国だとか
時代だとか
そんなものに
どれほどの意味があると
いうのだろう
僕らは国民と呼ばれて
その国に縛られ
やれ平成だ令和だといわれて
その時代に
縛られている

しかし
考えてもみよ
僕にとって君にとって
今ここに生きている
いのちの時間こそが
すべてなのではないだろうか
生々流転――
僕らもその一形態に過ぎない
いのちの切なさは
すべてそこから
照射するのだ

2020.4.20

## くりかえし

昼と夜をくりかえし
一日をくりかえし
一週間を
一月をくりかえす
四季をくりかえし
一年をくりかえし
昔は正月になると
誰もが一斉に歳をとった
60年を経て干支が一巡すると
還暦と称して
祝いもした

くりかえす暮らしは
やがて生死までも
超えてゆく
盆になれば
ご先祖様を迎え
一緒にすごし
そしてまた送り出す
そんなしきたりを
毎年くりかえすうちに
自分もいずれ
ご先祖様になるのだと
自然に受け入れて
いったのだろう

くりかえし
くりかえし
くりかえすこの世界——
そうした循環のなかに
身を置けば
過去を思い未来を夢見て
こころしずかに
暮らせることだろう
僕は30年以上も
循環する季語の世界に
生きてきた
それはとても
幸運なことだった

歩み来し人麦踏をはじめけり
ふるさとの俳人
高野素十さんの句だ
麦踏みが済んだら
来たときと同じように
人は去ってゆくだろう
たとえ
僕が死んでも
くりかえすことに変わりはない
生きかはり死にかはりして
打つ田のように
人々の暮らしは続いていく
だからきっと
僕も死なない

2020.7.1

## 考えの木

僕が知っていることばで
僕の世界ができているように
君が知っていることばで
君の世界ができている
だから
新しいことばを知ることは
僕らの世界を新しくすることだ
お互いに知らないことを
分かちあえば
それだけで

世界は少しずつ
広がってゆくだろう

もし君が
食品添加物ということばを
知らなければ
そのラベルに書かれた
添加物のことなどおかまいなしに
おにぎりを頬張ることだろう
例えばその一つが有害で
他所の国では
認可されていない添加物
だったとしても——

生きていくのに
必要な情報を全て
学校が教えてくれるわけではない
国はむしろ
国にとって
都合のいい国民をつくろうと
するだろう
戦前は国定教科書が

戦後は検定教科書が
それを担ってきた
権力者が都合のいいように
歴史を書き換えるのは
よくあることなのだ

マスコミが流す情報を
鵜呑みにしていたのでは
お仕着せのことばを知るだけで
僕らの世界は
ちっとも広がらないだろう
大事なのは
君自身が疑問をもつことだ
その問いに
納得のいく答が見つかるまで
答を探す旅に出かけよう
インターネットを使えば
世界中の情報に
アクセス可能だ
君が知の探検家になるのだ

知らないことは

恥ずかしいことではない
知ろうとしないことが
恥ずかしいのだ
僕らの中には
毎日気づかずに
小さな疑問が生まれている
それを風のように
やり過ごすのではなく
捕まえて
考えるヒントにするのだ
その疑問を育てることが
考えるという
ことなのだ

ひょっとしたら
僕らは
安さと便利さを唯一の判断基準にして
考えることを
止めてしまってはいないだろうか
考えを進めていくと
新たな疑問が生まれ
新たな情報が必要になる

すると
次々に新しい情報が取り込まれ
枝葉のように
繋がっていくのだ

やがてそれは
君自身の考えの木になるだろう
大事なのは
疑問という養分を絶やさないことだ
疑問を持ち続けよう
そして
考えの木を育てていこう
いろいろと考えていたら
きっと話したくなるはずだ
もし誰かと考えを共有できたら
そこから
新しい夢が生まれるだろう
考えの木は
実は君自身のことなんだ

2020.9.5

# 淡々と

何かの拍子に
この世界が
ふっと遠のくようなときが
僕にはあるんだ
うまくはいえないけれど
目の前のことが
現実ではないような
そんな感じと
いえばいいかな

哀しいことばかり
見えるからかもしれないな
それとも世の中のほうが
じっさい哀しいことだらけ
なのだろうか
僕は人間であるじぶんを
哀しんでいるのかもしれない
狂気のうちに
暮らすしかない

じぶんたちを――

マリオネット？
そう思うことがあるよ
便利　安い　早い　努力　出世　成功――
19本の操り糸は
君も僕も
きっと似たようなものさ
それが同じ時代に
生きるということだろう
僕らは
踊っているつもりでも
踊らされている
だけかもしれない

定年退職したとき
僕は思い知らされたよ
僕の体のなかには
いつのまにか
効率という血が
流れていたことに――
体を病み

精神を病んだ同僚を
僕は何人も知っている
あやうく僕も
そうなりかけたけど――

互いに競いあい
奪い合うしか
僕らに生きる術はないのだろうか
もしそうだとしたら
何のために生きるのだろう
自然に毒を流して
かけがえのないいのちを
奪い続けて
人類は
地球の勝利者なのか
破壊者なのか

ぎらぎらした人が
僕は苦手なんだ
だから
これから僕は
淡々と生きようと思う
今ここにいて
いつも心と一緒なら
やるべきことは
心がきっと
教えてくれるだろう

2020.6.13

## 愛国心

ほんとうの愛国心は
原発事故で
国土が放射能に塗れることなど
決して望まないだろう
ほんとうの愛国心なら
人々の安らかな暮らしを
未来へつづく
健やかな暮らしをこそ
望むだろう

ほんとうの愛国心は

学校で学ぶものではない
それを教えることはできない
なぜなら
それは人々の心の中に
ひとりでに
芽生えるものだから

ほんとうの愛国心は
生まれ育った土地や
歴史や風物が
私たちを育み
私たちを慈しんでくれていると
じかに感じたとき
私たちのこころの中で
少しずつ育ってゆくだろう

いのちを育む
すべてのものへの
惜しみない
感謝のこころ――――
それは私たちが
過去から未来へとつづく
永劫の時間の旅人だと
気づかせてくれるはずだ

だから
ほんとうの愛国心なら
それが
かの国の人々の中にも
必ずあるはずだと
容易く理解できるだろう
ほんとうの愛国心とは
いのちを奪い合うことではない
支え合うことなのだ

戦争を遂行するために
強要される愛国心は
マガイモノだ
戦争は人殺しと
破壊でしかない
それを喜ぶのは
一部の資本家たちだけなのだ
彼らはいつも安全地帯にいて
戦争をクイモノにする

ほんとうの愛国心とは
人々のこころの中にあるものだ
だれもそれを
ひけらかしたりはしない
だから
ほんとうの愛国者とは
自分のためではなく
現在と未来の人々のために
働く人のことだ

２００６年の
教育基本法改正で
愛国心が教育目標の一つとなった
政府が愛国心を言い出したら要注意だ
それは戦争へと向かう
前触れなのだ
ほんとうの愛国心とは
若者のいのちを奪うことでは
決してないのだから

2020.8.29

## 永遠の片思い

ぼくは鳥が好きだ
何故だかよく分からない
若い頃は
重い機材を担いで
鳥の写真を撮り歩いた
そのせいか
鳥声には敏感だ
ぼくの見上げる空には
いつも鳥が飛んでいる
空は
鳥の領域なのだ

大地に零れた
草の実だろうか
鳥が忙しそうに啄んでいる
うまいのかまずいのか
鳥の表情を
読むことはできない
いやそもそも

何を思っているのか
思っていないのか
それさえも分からない

それでも
ぼくは鳥が好きだ
彼らの生き方は
とてもシンプルに見える
「食べる」と
「育てる」と
ごくたまに
「争う」くらいだろうか

食べるのは
自分が生きるため
育てるのは
子孫を生かすためだ
その二つだけで
いのちは回っていく
動詞だらけでややこしい
ぼくらの暮らしとは
大違いだ

それを彼らは
身一つでやってのける
嘴で巣材を運び
巣をつくる
同じ嘴で餌を運び
雛を育てる
その全てを
自然が賄ってくれる
彼らは持たないものたちだ
何と清々しい
ことだろう

ぼくは鳥が好きだ
なかでも雀が
いちばん好きだ
いつも来る雀が
同じ雀かどうかも
ぼくには分からない
彼らがどこで眠るのかも——
それでも
雀たちは毎日のように
やってくる

今はまだ
ぼくが近づくと
逃げてしまう雀だけれど
いつかぼくが
雀と友だちになれたら
駆け寄って
こういうだろう
「ぼく芦原すずめです」
「ずっと君が好きでした」
そんな日が
ほんとうに来るだろうか
永遠の片思い――
ぼくは今日
66歳になった

2020.4.23

## 見つめる時間

だいそれたことでは
ありません
だれにでもできることです
リラックスして
肩のちからを抜いて
何もかんがえないように
しましょう

わたしたちの頭には
すばらしい器官が集まっています
目　耳　鼻　口
まず目を働かせてみましょう
目に見えるものの中から
何か一つえらんで
見つめてみましょう

一秒　二秒　三秒
もっと見つめてください
何か気づきませんか
そうたった十秒でも
そんなに長く見つめたことの
無かったものたち――
見つめだした瞬間から
世界は違って見えてくる

かもしれません

そうやって
耳も鼻も口も――
普段は記憶にまかせて
さぼっている五感を
もう一度働かせてみましょう
風の匂を嗅いだのは
久し振りではありませんか
流れる雲を
追いかけたのも――

ほらね
恋人どうしだって
互いに
見つめ合っているでしょう
見つめる時間が
やがて
慈しみに変るのです
だから
忙しいのは
罪つくり――

2020.7.28

# Ⅵ　２０２１年

## 出番

自分の意見を
聞いて貰いたかったら
まず人の話を聞くことだ
僕も長い間
自分を主張するばかりの
話したがり屋だった
しかし
みんなが話したがり屋だったら
うるさいだけで
得るものは少ないだろう
なぜなら
どうせ相手の話など
聞いてはいないのだから

相手が何かいいたそうなら
まず話を聞いてあげよう
なおざりに聞いてはいけない
無心になって
ここぞとばかりに
一所懸命聞くのだ
興味をもって聞くのだ
だからこれは
忍耐ではなく好奇心だ
そうすれば
何かしら
気づくことがあるだろう
得るところもあるだろう

そして
相手が十分に話して
口を噤んだとき
おもむろに
君が話しだせばいい
君の出番が
来たのだから——

# 二つのグループ

2021.3.5

もし君が
上司や先生の命令に
黙って従うしかないのなら
君が属しているのは
まぎれもなく
権威的グループです
従わせる力が
権威によって
生じているからです

その対極にあるのが
民主的グループです
この国で
民主的グループを探すのは
実はそれほど
容易ではありません
そんなグループがあることさえ
思いもよらない人が
多いからです

実は僕じしんも
民主的グループという
ことばを知るまで
考えたことはなかったのです
僕はそれを
スウェーデンの
中学校社会科の教科書で
知りました
スウェーデンでは
人は誰もが
何をいってもいいのだと
教わるそうです

もし君が
民主的グループの一員なら
何かをいうとき
躊躇うことも
緊張することもないでしょう
君は何をいってもいいのです

それが他人を
傷つけることでなければ――
しかも
もし君が望むなら
君は何もいわなくても
いいのです

民主的グループは
同じ目的のために
集まったグループです
命令する人はいません
その代わりにとことん話し合って
合意するのです
誰かの機嫌をとることも
空気を読む必要も
もちろんありません
君はいつだって
自由でいられます

世の中には
大きく分けて
二つのグループがあります
権威的グループと
民主的グループです
君はどちらに
所属したいですか
もし君の周りに
民主的グループが見当たらないなら
君が作ってしまいましょう
民主的グループのない
民主国家なんて
とても変なことなのです

2021.1.7

## 流行語

忖度という
ことばが流行れば
だれもが
あれは忖度だったという
しかし
もともと忖度ということばに

官僚の自己保身の意味など
なかったはずだ
相手の心中を推し量るのは
相手を慮ってのこと
もとより
自分のためではない

憚るという
とても不思議なことばがある
遠慮するという意味の他に
まったく正反対の
のさばるという意味があるのだ
「憎まれっ子世に憚る」の
あれである
なぜ一つのことばに
正反対の意味が
あるのだろう
僕はずっと不思議だった

かつて
ことばには
言霊という霊力が宿ると
信じられていた
その力によって
ことば通りのことが
実際に起きるのだと――
だからみな
用心して
ことばを使ったのだ
しかし今
ことばの霊力を信じる者など
皆無だろう

もし僕らが
不用意にことばを使えば
かつての「憚る」や
いまの「忖度」のように
本来の意味とは異なる意味が
付加されてしまうだろう
そしてそれは
僕らの事実認識や意思疎通を
曖昧にしていくだろう

ことばは

社会の土台である
ことばが乱れれば社会も乱れる
僕らが
いつまでも
ことばに無自覚でいたなら
マスコミが流布する
伝播力の強いことばに
引き摺られるだけではないだろうか

ことばは本来
それが表すべき事実と
一体のものだ
そしてことばを乱すのは
いつも決まって
それを使う人間の側なのだ
それがたとえ
無意識だったとしても――
もしそのことばに
意図的な嘘が混ざっていたら
僕らもその嘘に
加担することになるだろう

ことばを乱しては
いけない！

2021.3.5

## 君のことばで

分からないことは
分からないままでいい
今は分からなくても
君が問うことを
止めさえしなければ
いつか分かる日が来るから

分からないことを
無闇にしゃべってはいけない
分からないことばも
使ってはいけない
分かったふりをしたら
君が君でなくなるから

君が胸の奥底から
ほんとうと思うところを
よく知っているとことだけを
使いなれたことばで
話せばいい
それが
ほんとうの君のことば――

僕が聞きたいのは
君の根っこからでてきた
ことばだけだ
僕も僕のことばで話そう
僕らはすぐに
仲良くなれるだろう

進化の歴史を辿れば
いのちはみな繋がっている
僕は大好きな鳥をみるとき
いつもそれを感じる
ましてや同じ人間どうしなら
なおさらだ

シンパシー
人はもちろん動物にだって
僕らは涙を流すことができる
もらい泣き
ちむぐりさ
もだえ神
僕らは深く繋がっているのだ

地球が大きすぎて
想像できなくても
僕らは同じ太陽の光を浴び
森や海がつくる
同じ空気を吸っている
循環する同じ水をのみ
この星の上で
命を繋いでいる

君にもやがて
分かるときが来るだろう
すべてのいのちが
繋がっていることが――
君は君のことばで話してくれ

僕も僕のことばで話すから
まず君と僕から
繋がっていこう

# 巨大なるシーソー

通り一遍の知識と
マスコミが流す情報だけで
分かったつもりに
なってはいないだろうか
たとえば
地球温暖化――
科学的推論に過ぎない
二酸化炭素原因説が
いつのまにか大手を振って
僕もすっかり信じ込んでいた
しかし
そうじゃないという人の話を
聞いたあとでなければ
判断はできないだろう
世の中には
地球寒冷化説だって
あるのだから――

2021.3.13

たとえば
福島第一原発事故――
決定的要因は津波による
全電源喪失だったとしても
それだけが原因だと
断定していいのだろうか
それ以前の地震で
どの程度のダメージを受けたのか
誰にも分からない
何しろ現場に近づけば
数秒で人は
死んでしまうのだから
ロボットだって
放射線で
壊れてしまうのだから――
真因を見極めず
原子力緊急事態宣言下にも拘わらず

再稼働を急ぐ政府とは
いったい何だろう

絆　復興　風評被害
何度も繰り返し聞かされることば
事実とは裏腹に
ことばが作る虚構の世界――
福島のある主婦は
勇気を振り絞ってこう語った
自主避難もできず、
そのような3年間を
福島で過ごした私の中では、
あることばを受け付けなくなりました。
それは、
絆、復興、風評被害。
とてもじゃないですが、
受け入れられません。
全て誤魔化しのことばに
聞こえます。

しかし
当事者である一主婦のことばが
マスコミから流されることは
この国では
金輪際無いのだ！
世の中は
事実と嘘の
巨大なるシーソーのようなものだ
もし君が何も知らず
知ろうともせず
何も考えず
考えようともせず
嘘の側に乗っているのなら
いますぐ降りることだ
保留にすることだ
たとえ嘘でも
シーソーが傾く方へ
世の中は動いていくのだから
――

2021.2.12

# ウォームorクール

ほんの少し前まで
地球は温暖化していると
僕も信じていました
だから
温暖化ということばを
平気で使っていましたし
温暖化といえば
$CO_2$が原因だとばかり
思い込んでいたのです

温暖な気候といえば
人々が穏やかで
のんびり暮らすイメージなのに
地球温暖化となると
ちょっと違います
何やら不吉な映像が
纏わりついてきます
しかし
ほんの半世紀前
人々は寒冷化を
心配していました

ネット書店のサイトで
温暖化を検索してみると
立ちどころに
4161件ヒットしました
寒冷化と打つと
ヒットしたのは僅か144件
これが人々の
関心の在り様なのでしょう
しかし科学は
多数決ではないのです

当り前のことですが
僕らは
持っている知識の範囲内でしか
考えることができません
知識がなければ
気づかないことも沢山あります
だから
違う意見に出会うと

動揺して
声を荒げたりするのです
しかしその人は
とても大切な未知の情報を
もたらす人かも
しれません

もし
そんな相手がいなければ
ネットでも本でも
情報は手に入ります
いちばん肝心な
太陽活動を差し置いて
人間が出したＣＯ２だけで
果たして
地球は温暖化するのでしょうか
そんな素朴な疑問から
僕も何冊か
読んでみました
『二酸化炭素温暖化説の崩壊』
『正しく知る地球温暖化』
『「地球温暖化」狂騒曲』etc.

もし時間があったら
クライメートゲート事件を
検索してみると
いいでしょう

そのなかで
とくに驚いたのは
地球は人類が生まれる前から
とても大きなサイクルで
温暖化と寒冷化を
繰り返しているという
事実でした
それに
その原因はいくつもあって
完全に分かっているわけでは
ないということも――
日本でも
江戸時代の天保の飢饉は
寒冷化の影響だったようですし
遡って
縄文時代には
縄文海進といって

関東平野の大半が
海だった時代もあるのです
東北・北海道で
縄文文化が花開いたのは
温暖な気候が
豊かな実りをもたらしたから
といわれています

これから先
地球はどうなっていくのでしょう
温暖化するという人も
寒冷化するという人もいます
それでは
最高気温更新は
何なのだろうという
素朴な疑問が湧いてきますが
どうやら
都市化の影響らしいのです
地上を舗装し
車を走らせ
冷房をどんどん使うため
行き場のない熱が
上空に滞って
ヒートアイランド現象を
引き起こしているのです

学校でも会社でも
$CO_2$温暖化説を教わり
マスコミが喧伝し
世の中をあげて
$CO_2$温暖化花盛りですが
ほんとうのところは
どうなのでしょう
日本以外の国の人は
どう考えているのでしょう
やはり
$CO_2$温暖化説を
信じているのでしょうか
今この国は
$CO_2$温暖化説を盾に取って
原発を推進しようと
しています

マスコミは

センセーショナルな話題が
大好きです
ですから
マスコミだけに頼っていたのでは
情報が偏ってしまいます
何か別のメディアに
当たってみると
僕らはすこし
クールダウンできるのでは
ないでしょうか
ヒートアップしているのは
もしかしたら
僕ら自身かも
しれないのです

2021.5.29

＊『二酸化炭素温暖化説の崩壊』広瀬隆著　集英社
＊『正しく知る地球温暖化』赤祖父俊一著　誠文堂新光社
＊『「地球温暖化」狂騒曲』渡辺正著　丸善出版

# 『あこがれの空の下』を観て

梅雨雲の切れ間から覗いた
青空のように
ずっと待ち望んでいたものに
やっと巡り合えたような気がしました
とある小学校の一年を追った
ドキュメンタリー映画
『あこがれの空の下』――
校庭には
子どもたちの
とびっきりの笑顔が
あふれていました

教室には
子どもたちのなぜが
全開です
なぜを大切にし
なぜから始まる授業が進められて
いるのです
だれかのなぜに

先生も子どもたちも
真剣に向き合います
だから
みんなが心おきなく
なぜを発するのです
この学校は
子どもたちが主人公――
クラスに必要なルールは
子どもたちが
自主的に決めていきます
ふしぎなことに
子どもたちを
急き立てるチャイムの音も
ありません
先生の教え方にまで干渉する
教科書もありません
何をどう教えるのか
先生たちが
日頃から相談し合って
決めていきます

和光小学校
そこにいたのは
先生のいうことをきくだけの
ロボット
ではありません
自分で考え
なぜを発することのできる
好奇心にみちた
子どもたちです
学ぶ楽しさ
知る楽しさを
もうとっくに知っている
とってもチャーミングな
にんげんの
子どもたち
だったのです

2021.5.8

# 1／1《いちぶんのいち》

新型コロナワクチンの
接種後に亡くなられた方は
厚労省の報告では
２０２１年６月９日現在
１９６名(注)となっている
一方ワクチン接種者は
その時点で１６００万人
単純計算で８万人に１人
ということになる
ワクチンが原因かどうかは
依然として不明のままだ
20代のその女性は
第１回目の摂取の４日後に
亡くなったという
死因は小脳からの脳出血と
くも膜下出血——
既往症・基礎疾患はなく
明らかに
突然死だったという

看護師さんだったという
その女性は
生前できれば打ちたくないと
周囲に洩らしていたという
おそらく
内心不安があったのだろう
しかし仕事柄
打たざるを得なかったようだ
死因となった脳出血
その原因の一つに血栓症がある
メーカーが
ワクチンの副反応だと
認めている症例だ
人類初の
遺伝子組み換えワクチン——
mRNAワクチン
というのだそうだ
メッセンジャーアールエヌエー
という遺伝情報によって
体内でワクチンが生成される
地球は今
壮大な人体実験場と

化している

確かに法的には
ワクチン接種は強制ではない
予防接種法の条文を
ご存知だろうか
その第8条には
予防接種の勧奨とあるように
接種はあくまでもお勧めなのだ
その理由は
副反応があるからだ
予防接種の目的は社会防衛である
仮に10万人に1人の犠牲者がでても
社会が救えればいいのである
ワクチンを打つリスクと
打たないリスク――
接種の判断は
すべて個人に委ねられる
つまり
自己責任というわけだ

社会からみれば
1／10000の命でも
個人にとっては
命は常に1／1である
だから接種のリスクを評価し
判断できるのは本人だけなのだ
その権利を保証するのでなければ
民主国家とはいえないだろう

亡くなった女性に
同調圧力はなかったのだろうか
彼女の勤めていた病院では
過去にクラスターが
発生していたという
人類初のワクチンが
この先どんな事態を招くのか
誰にもわからない
だから
誰も強制などできない
仮に9999人の判断が同じで
君が残る1人だったとしても
その判断に従う必要は
金輪際ないのである
命の主役は自分自身――

それが1／1
ということなのだ

2021.6.18

（注）２０２２年２月18日現在１３８２名（ファイザーのみ）。厚労省https://www.mhlw.go.jp/content/10601000/000898950.pdf

## 知っているということ

俳句を知っているか
と聞かれたら
小学生の子どもでも
知っていると答えるだろう
大人ならさしずめ
芭蕉さんでしょとか
一茶あたりの句を
諳んじるかもしれない

けれど
ほんとうに知っていますか
と聞かれたら
小学生でなくても
尻込みしてしまうだろう
それは
教わったことを
知っているだけで
ほんとうはどうかなんて
考えたことも
ないからだ

俳句は五七五で
季語一つ
芭蕉蕪村一茶
子規虚子くらい覚えていれば
知っていることになるだろう
教科書で習った通り
テレビで見聞きした通り
生半可でも
うろ覚えでも
知っているということにして
僕らは生きていく
周りがそうなら

何も不便は
ないのだから――

世の中には
たくさんのことばが行き交い
新しいことばも
どんどん生み出されるので
その一つ一つに
立ち止まっていられないと
君は思うかもしれない
そのことばを
知っているだけで
知ったことにしていることの
何と多いことだろう

原発事故
もう過去のことだよね
もう10年も経ったんだし
風評被害じゃないの
オリンピックだって
やれたんだし
復興五輪でいってたじゃない

常磐線も開通したし
もうみんな
帰れたんじゃないの――

そう思うのは
勝手だが
事実はそれほど単純じゃない
情報の海に
ほんの少しでも探りを入れたら
だれでも分かるように
教科書もテレビも
通り一遍
上っ面のことにすぎない
その証拠に
当事者の涙に
テレビが寄り添うことは
滅多にないのだ

肩書をたくさんつけて
テレビで話す人と
それをゆるす国民と
この国はまるごと

差別の顔をしている——
肩書なんかより
当事者の声が聞きたいと
なぜ要求しないのだろう
この国のこと
どれだけ知っていますか
ほんとうに知っていますか
よくよく考えて
みましたか

## この人生は初めてだから

だれにとっても
初めての人生だから
何がしたいのか
どういう人になりたいのか
戸惑ったり悩んだり——
それでも
先輩たちに学びながら

人は社会で生きていく
だれにとっても
初めての人生だから
だれもが
手探りですすんでいく
立ち止まったり迷ったり——
それでも
だれかの助けを借りながら
必死になって生きていく

初めから人である人など
どこにもいない
長い時間をかけて
ようやく人になるのだ
初めまして
初めまして
初めての人どうしが
交わすあいさつ
初めての人生どうし
いたわりあえたら

2021.9.18

それでいい
運よく分かりあえたら
もっといい
だれにとっても
この人生は
初めてだから――

2021.9.19

## いっそ人生３００年

若いころは未来を思い
老いてからは
より多く過去を思うのは
いわば自然の成り行き
というものだろう
年を重ねるごとに
過去が増え
未来は減っていくのだから――
人生80年
いや今では
人生１００年などといわれる
主導しているのは
官邸だから
おそらく
定年延長のための
布石なのだろう

ひもじさに耐えた
昭和一桁世代ならいざ知らず
食品添加物や環境汚染
人工放射能に晒され
ストレスまみれの現代人が
はたして１００年も
生きられるものだろうか
どうも怪しい
それはともかく
いっそのこと
人生１００年時代に
前後１００年を加えて
人生３００年を生きる
というのは
どうだろう

前の100年は
自分が生まれる前の歴史を知り
その歴史を見据えて
生きるためである
今この国で
歴史を学ぼうとすれば
戦争を避けて通るわけにはいかない
この国は
他国に対して
悪いこともたくさんしてきた
それほど胸を張れる歴史でもないのだ
被害と加害
双方の歴史を踏まえて
近隣諸国と付き合えば
もっと大人の関係を
築くことができるだろう

後の100年は
自分が死んで後の100年を
考えるということだ
自分たちの世代の
判断や決定が
将来に禍根を残さないか
よく吟味しながら
生きるということだ
将来のために
後輩を育てるということだ
そう考えるだけで
政治に無関心では
いられなくなるだろう
僕にとってそれは
次世代に原発を残さない
ということでもある

人生300年なら
老いてからでも
100年後の世界に
思いを馳せながら
生きることができるだろう
先人たちから
プレゼントを貰ったように
未来の子どもたちに
僕らが
プレゼントを贈るのだ

誰もが
そんな生き方を心掛けたら
この国も少しは
真面になるだろう
今だけ金だけ自分だけなんて
あまりに
悲しい――

2021.7.28

## 『あしがらさん』

不思議な映画である
主人公は
年老いた
一人の路上生活者――
あしがらさんだ
カメラを手にして通う
心優しき青年が
彼をそう呼んでいる
あしがらさんは
否定も肯定もしない

青年は
時々やってきては
あしがらさんに声をかけ
体調を気遣い
時には差し入れもする
新宿の
とある路上の
半径50メートルほどが
あしがらさんの
生活圏だという
幾つものポリ袋が
彼の家財道具一式だ

あしがらさんは
そこで食べものを探し
煙草の吸差しを拾い
靴をトントンとならし
体に付いた蚤や虱を
落としながら
生きている

しかし
道行く人は誰ひとり
気にも留めない
もし青年がいなければ
誰とも話さず
一日を終えることだって
あるだろう

青年は
辛抱強くことばをかけ続ける
あしがらさん
元気でした？
体調どう？
青年のことばに
閉ざされた
あしがらさんの心が
少しずつほぐれてゆく
やがて
青年を心待ちにするような
素振りを見せる
あしがらさん――

やさしいことばと
心無いことばの狭間で
人は生きている
もし
心無いことばを
かけられ続けたら
人は誰でも
生きる気力さえ
失くしてしまうだろう
路上生活者に必要なのは
住む家と食べ物と
思いやりのことばでは
ないだろうか
彼らを救うのに
いったいどれほどの財源が
必要だというのだろう

新宿には当時
６００名以上のあしがらさんが
いたという
住所を持たぬ彼らに
コロナの支援金が

届くことはない
これほど
路上生活者に冷たいのは
新自由主義の合言葉
自助・自己責任と
無縁ではないだろう
彼らは見せしめに
されているのだ

やがて
あしがらさんは
青年のはからいで
とあるグループホームに
落ち着く
風呂に入り
ベッドで眠るあしがらさん
するとどうだろう
あしがらさんの表情が
日増しに変わっていったのだ
あしがらさんが
青年に語りかける
おれはあんたを信じるよ
ありがとうよ
会えなくて寂しかったよ
あしがらさんが
笑う――

グループホームに入居して
数カ月――
ようやく
あしがらさんが
僕らの社会に戻ってくる
あしがらさんには
じんぼよしろうという
れっきとした名前が
あったのだ
――

2021.8.18

## 戦争の足音（重要土地等調査規制法に寄せて）

かつて
要塞地帯法という

厳めしい名前の法律がありました
明治32年に公布され
昭和20年失効――
要塞地帯とは
国防のための営造物と
その周辺区域のことです
更に周辺区域も
第一区から第三区まで分けられ
それぞれ基線から
1キロ・5キロ・15キロ以内
となっています
そこでは撮影はもちろん
模写や模造などの情報収集が
一切禁止されたようです
そして
違反者には
懲役もしくは罰金が
科せられたのです

もうお分かりでしょう
この法律は
戦争遂行のための法律です

軍事機密を守るため
軍事施設とその周辺を
監視区域としたのです
この法律が廃止されてから76年
これに類する法律は
ありませんでした
ところが
2021年6月
オリンピックが間近に迫り
コロナ禍の渦中の
この国で
ひっそりと
一つの新しい法律が成立しました
重要土地等調査規制法――
正式名称は
重要施設周辺及び
国境離島等における土地等の
利用状況の調査及び
利用の規制等に関する法律
というものです
衆参両院の総審議時間は
たったの24時間足らず

賛成は自民・公明・維新・国民
反対したのは
共産・立憲だけです

昔の法律は厳めしいけれど
ずっと正直です
要塞といえば国防のためだと
直にわかります
しかし
新しい法律の正式名称をみても
重要の意味が
よく分かりません
そこで
条文をひもといてみたのです
第一条の目的には
重要施設の機能を阻害する行為を
防止するためと書かれています
更にわが国の領海等の保全と
安全保障に寄与することが
目的だとも――
ここでやっと
安全保障ということばが
出てきました
そして第五条には
内閣総理大臣の指定する
注視区域は
重要施設の周囲概ね1キロ以内と
定めているのです
何となく
明治の要塞地帯法と似ていると
思いませんか
そうです
実はこの法律こそ
要塞地帯法の現代版だと
いわれているのです

明治の要塞地帯法が
変装して
令和の重要土地等調査規制法に
なりすましていたのです
その証拠に
重要施設として
自衛隊の施設・在日米軍の施設
海上保安庁の施設などが

挙げられています
それどころか
政府が政令によって
重要施設を独自に定めることも
可能です
たとえば
社会インフラである原発や
通信施設・空港・銀行・駅なども
想定されているようです
その半径一キロ以内に
いったいどれだけの人が
住んでいるでしょう
さらに驚くことに
注視区域内で
何を可能とするのか
その基本方針の策定を
政府に一任し
オールマイティーな権限を
与えているのです

こんな法律があって
いいのでしょうか

これでは中身を伏せたまま
法案を通したようなものです
何が阻害行為にあたるのか
説明もないまま
第9条では
内閣総理大臣の
阻害行為中止命令・勧告を規定し
さらに第25条では
2年以下の懲役もしくは
200万円以下の罰金に処すと
罰則だけはしっかりと
規定しています
この法律の
作りをみただけでも
背筋の凍る思いがしませんか
その恐ろしさが今
市民のなかにじわじわと
浸透しつつあります

国防の名のもとに
注視区域内の建物や
その所有者の活動や信条まで

洗いざらい調査される危険は
ないのでしょうか
沖縄で基地反対の
座り込みをしている人々は
注視区域内ということで
強制排除されるのでは
ないでしょうか
原発立地に反対し
土地を守り続けてきた人々を
立ち退かせることだって
できるでしょう
市民の粘り強い闘いを
一気に瓦解させる恐れが
十分にあるのです
もし本当に駅や銀行が
対象にされたら
いったいどれだけの人が
影響を蒙るでしょう
これは簡単にいえば
国が指定した施設の周辺に
住んでいるだけで
住民を監視し
取り締まれる法律なのです
これに共謀罪法や
特定秘密保護法が絡んだら
住民が相互に監視しあう
密告社会が到来しないとも
限りません

明治からおよそ150年
この国は
前半は戦争に明け暮れ
後半は平和を謳歌してきました
「二度と戦争はしない」
そう誓って
戦後の歩みを進めてきたのです
それはすべての
戦死者たちと交わした
魂の約束だったはずです
それをこの国は今
反故にしようとしています
戦争には
莫大な費用と
国民の総結集が必要です

その遂行のため
戦時立法と呼ばれる
一群の法律があります
実は要塞地帯法も
その一つだったのです
他には
軍機保護法・国家総動員法
国防保安法などです
そして
悪名高い治安維持法は
大正14年の成立以来
改定に改定を重ね
終戦まで猛威を振るって
いたのです

これらはみな
個人の権利を剝奪し
反対する者は容赦なく懲らしめ
国家に従わせるための法律です
そして今
この国には
かつての戦時立法の再来

といわれる法律群が
すでに出来上がっているのです
数の力による強行採決——
有権者が政権与党に
オールマイティーの
２／３以上の議席を
与えてしまったからです
２０１３年には
特定秘密保護法（旧軍機保護法）
２０１５年の平和安全法制は
戦後初めて
集団的自衛権行使を認め
自衛隊が同盟国とともに
海外で戦うことを可能にしました
２０１７年には
共謀罪法（旧治安維持法）
そして今回の
重要土地等調査規制法は
旧要塞地帯法と旧国防保安法の合体版
だといわれています
重要土地規制法の成立によって
一連の戦時立法は

総仕上げの段階に入ったのでは
ないでしょうか

歴史をひもとけば
かつての戦争は
国民の熱狂とともに
始まっています
国民の大半が冷静なら
戦争など起こりようがないのです
しかし
僕らが気づかないうちに
事態はここまで進行しています
それはこれまで
一部の人々しか
明確に反対してこなかったから
ではないでしょうか
そして
戦前と異なるのは
今やマスコミが
世論を誘導する力を
十分に備えているという事実です
マスコミは
知らせる力と知らせない力の
両方を持っています
北朝鮮のミサイル発射時の騒動を
思い出してください
あの時どのテレビ局も
Ｊアラートの
不気味な画面一色だった
ではありませんか
マスコミが
恐怖を煽ってきたら
はたして
僕らの何割が
冷静でいられるでしょうか

元々一切の軍事力を
放棄したはずのこの国は
警察予備隊を皮切りに
自衛隊を設置し
有事立法と称して
戦時のための法律を着々と
整備してきました
そして

２００６年の
第一次安倍内閣による
教育基本法改正以来
子どもたちへの
愛国心教育が進められています
そして
12年後の２０１８年には
小学校で道徳が教科化されました
子どもの心に
点数がつけられることに
なったのです
さらに12年後
彼らが成人する２０３０年
愛国心に燃えた
青年たちが
自己決定権をもつ大人として
巣立っていくのです
愛国心は自然に芽生えるもので
強制されるものでは
ないはずなのに――

僕らはすでに
平和の有難さを知っています
しかし
国民の半分が
投票にいかないこの国では
その過半数
つまり全国民の１／４の意志が
政治を動かしているのです
高々２５００万人の判断が
一億の民の命運を
握っています
なんだか
馬鹿げていると思いませんか
憲法で戦争放棄を誓ったのは
何だったのでしょう
僕らはまた
子どもたちを
戦場へ送り出す親に
なるのでしょうか
歴史の歯車を
逆転させてしまうのでしょうか
１９３９年
「戦争が廊下の奥に立つてゐた」

と詠んだ
俳人・渡辺白泉は
治安維持法で検挙されました
太平洋戦争の
2年前のことです
戦争の足音が聞こえませんか
聞こえているのに
聞こえないふりをしていませんか
少しずつ少しずつ
忍び寄り
気がついたときにはもう
手遅れになっている
それが戦争なのです

2021.7.14　巴里祭の日に

## 後ろ姿の君たち

「思いやりが、
いちばん大切だよ」
そういい残して
少女はこの世を去った
同級生からいじめられ
たった数年の間に
一生分の苦しみを引き受けて
しまったのだろうか
この世に
もう未練などないと
傷つき疲れ果てて——
生きることのほうが
死ぬことよりも
辛くて怖くて
仕方なかったなんて——

その子が死んだとき
大人たちは
雁首をそろえて
話し合ったことだろう
いじめはほんとうにあったのか
誰がいじめたのか
いじめられたほうに
落度はなかったのか
そうやって

一人の少女の死は
はなから
いじめ問題と見做され
その真因などお構いなしに
いじめた子といじめられた子の問題に
すり替えられていく
しかし少女は
学校が原因で
死んだのだ
少女にとって学校とは
いったい
何だったのだろう

学校は
一人一人の大切さを
誰もが
幸せになっていいことを
そのために
民主制があることを
教える場所ではなかったのか
繰り返し
辛抱づよく

日々の体験のなかから――
テストで人を選別し
順位付けし
競争に追い込んでゆく
他人を敵にする教育が
民主的である
はずがない
あるジャーナリストはいう
学校における統治者は
常に教師であり、
生徒は卒業まで被統治者として
据え置かれる。
主従が固定してしまっている所には、
民主主義はない。
と――

この世界に
背を向けた君たちよ
君たちは
どこかで知ってしまったんだね
すべての根源は
教室にあり

学校そのものにあると――
それでも
親たちはいうのだ
（学校に）
行かなければいけないと――
明治以来
何ら変わることのない
この教育システム
先生と生徒は
１５０年もの間
ずっと向かい合ったままなのだ
大人たちが
あれこれ理屈をつけて
学校を問題にしないのは
為政者にとって
それが優れた
統治システムだからだろう

ああ
後ろ姿の君たちよ
君たちはきっと
不甲斐ない大人たちに
愛想をつかしたんだね
人を競争へ駆り立てる
この世界に
ノーといったんだね
そして
子どもたちから
思いやりを奪い続ける
残忍なこの世界に
見切りをつけて
ひょいと
あちら側へ
行ってしまったんだね
「思いやりが、
いちばん大切だよ」
そういい残して――
しかし
大人たちは
誰一人気づこうとは
しないのだ！

2021.6.9

## ことばの旗

君にそのつもりはなくても
君が使っていることばが
もし嘘だとしたら
君はそのことばを使う度に
嘘に加担することになるだろう
あまりに大きな嘘を
知ってしまってから
僕は気づいたんだ
僕の知っていることの
半分くらいは
嘘かもしれないと――

だれもが誠実で
偽りのない社会なら
社会に流通する嘘はぐんと
少なくなるだろう
逆にお金のために
人を出し抜くような社会なら
ほんとうを探すほうが
難しいかもしれない
いちいち気にしていられないよ
そう君はいうだろう
しかし
ほんの少しでも変だなと思ったら
自分で調べてほしい
この僕のことばだって――

人のことばを
人言《じんげん》という
それはそのまま
信という字になる
ことばで通じ合う僕たちが
ことばを信じるのは
当然のことだ
それは人としての
麗しい性質だと僕は思う
ことばは信の源だ
それは
社会の土台なのだ
もしそれが崩れたら
社会は崩れ去ってしまうだろう

流言蜚語が悲劇を生んだことを
僕らの歴史は教えている
だからこそ
嘘はいけない
ましてや政治家の嘘を
容易く許しては
いけないのだ

今日もどこかで
ことばの旗が立つ
そのことばは
マスコミに乗って
瞬く間に広がってゆくだろう
しかし
そのことばを
無邪気に信じてしまったら
僕らはどこへ連れてゆかれるか
分からない
福島のある主婦はいった
絆、復興、風評被害。
とてもじゃないですが、
受け入れられません。
全て誤魔化しのことばに
聞こえます。――
ことばの旗には
すべて隠された意図があると
僕は思っている
――

2021.6.14

## Ⅶ　２０２２年

### みんなの幸せ

宮沢賢治さんは
『農民芸術概論綱要』のなかで
「世界がぜんたい
幸福にならないうちは
個人の幸福はあり得ない」
といいました
「雨ニモマケズ」は
きっとそんな思いから
生まれたのでしょう

無実の罪で捕らえられ
獄中から人々の連帯を呼びかけた
星野文昭さんは
「すべての人間が
人間らしく生きられる社会」を
終生訴えつづけました

残された
２００点余の水彩画は
彼の清らかな魂
そのものです

星野さんのいう
人間らしく生きるとは
人間らしく幸福に生きる
という意味でしょう
元ウルグアイ大統領の
ホセ・ムヒカさんも
「わたしたちは
発展するためではなく
幸せになるために
地球にやってきたのだ」
と話しています

三人の言葉は
とてもよく響き合っています

「みんなの幸せ」が
わたしたちの
ほんとうの目的なら
いまのわたしたちは
目的を見失っているか
取り違えているか
どちらかでは
ないでしょうか

みんなを幸せにするのに
戦争はいりません
競争もいりません
わたしたちに必要なのは
奪い合うのではなく
分かち合うためのシステムです
地球の恵みである
大気も水も土も天然資源も
いや
そもそも地球じたいが
本来だれのものでも
ないはずです
ところが

現実はそうではありません
そして
自由競争という名のもとに
他人の生業つぶしが
平然と行われているのです
資本主義　新自由主義
すべての主義というものは
だれかの都合で
造られたものにすぎない
のではないでしょうか

世界がすべての人間が
幸福に人間らしく
生きられる社会を築くために
わたしたちは
地球にやってきたのです
それは格差をつくること
ではありません
だれかを犠牲にしながら
発展することでもありません
そのために
人殺しの道具を作ることでも

もちろんないのです

弱肉強食という言葉を
世の中に広めたのは
いったいどんな主義者たち
なのでしょう
わたしたちはにんげんです
ケダモノではないのです
峠三吉が原爆詩集の序で
「にんげんをかえせ」と叫んだ
あのにんげんです
だれもが幸せになるために
生まれてきたのです
賢治さんも
文昭さんも
ムヒカさんも
こころのなかで
そう叫んでいるのでは
ないでしょうか

2022.1.5

＊『農民芸術概論綱要』宮沢賢治著　青空文庫

## 共育――共に育つ

『ハングルへの旅』という
エッセイのなかで
詩人の茨木のり子さんが
コンブという韓国語に触れている
漢語では工夫
勉強という意味である
勉強ということばは
字面を見ただけで嫌になるほど
窮屈さを感じさせるが
工夫といえば
どこか解放されたような
自由闊達な響きがある

そういえば
教育者の大田堯さんも
教え育てるというのは
いかにも上から目線だという
英語のエデュケーションの
本来の意味は

能力を引き出すということ
だから
教育ということばも
共に育つという意味で
共育に変えるべきだと
力説されていた

たかがことばというなかれ
僕らが
ことばを使うということは
そのことばに
貼りついている
思考法のようなものまで
無意識に
受け入れることなのだ
ことばが
共同幻想をつくるといってもいい
僕らはだれもが
言葉の囚人でもあるのだ

明治五年に
学校制度が創設されたのは
軍隊をつくるためだったと
前川喜平さんがいっていた
読み書きができなければ
武器の使用法すら
覚束ないからだという
むろんそれだけではない
軍隊なら
上官の命令には絶対服従だ
上官とはおそらく
先生のことだったのだろう

戦後
戦争を主導したものたちの
公職追放で
民主主義が定着するかに見えたが
わずか五年ほどで
元に戻ってしまった
いわゆる【逆コース】である
A級戦犯がアメリカの都合で
総理になった国である
だからこの国では
いまも本質的には

戦前さながらの教育が行われている
戦前の国定教科書は
検定と名前を変えて
生き延びている

僕らはことばで考える
だからことばの虜なのだ
そのことに気づいて
ことば自体を疑わない限り
この国は変ることはないだろう
なぜなら
教育によって
国は日々再生産されるからである
この国が
共育を採用し
勉強ということばを捨て去る日は
果たして来るのだろうか

しかし
もし僕らが
遥か昔の神代の歴史よりも
自分が生まれる前の
１００年間ほどの歴史を
教科書以外からしっかりと学び直し
知識の棚卸しをするならば
僕らは
ほんとうの歴史に開眼することが
できるだろう
教育が
明治以降奪い続けているのは
僕らひとりひとりの
考える喜びと自立する力
なのではないだろうか

*『ハングルへの旅』茨木のり子著　朝日新聞出版　2022.1.25

**確かめてごらんよ**

陰謀論だ！
そんなのありえないよ
なんていうのは簡単だけど
まずは確かめてから

にしてほしい
問答無用一刀両断
刀は無くなったけれど
言葉だけは今も残っている
5・15事件
犬飼毅に銃弾を浴びせた
青年将校の言葉は
問答無用だったという

たしかに便利なことばだよ
デマだ　陰謀だ
とんでもない奴だ――
トンデモ○○なんて
使い回しの利く言葉もある
誰かがそういえば
そうだそうだと野次馬も
騒ぎ立てるだろう
けれど考えてもごらんよ
そういいながら
だれも確かめたりはしないんだ

きっと想定外のことは
認めたくないのだろう
信じていたものが
崩れるのが怖いのだろう
だから
想定外の津波も原発事故も
認めたくなかったのかもしれない
3・11のあと
当時の環境大臣は
鼻血さえも認めなかった
見てもいないのに――

陰謀だとかいう前に
事実を確認することが
先決じゃないかな
$CO_2$温暖化の仮説も
緊急承認された治験中のワクチンも
本当のところはどうなんだろう
事実を確かめ
冷静に対処することが
必要なんじゃないかな
そのために莫大なお金を使うなら
ましてや命をかけるなら

## 享年23歳

2022.1.25

かつて
竹内浩三という青年は
兵隊となった自らの死を予感して
戦死やあはれ
兵隊の死ぬるや　あはれ
とほい他国で　ひょんと死ぬるや
とうたった
哀しいことに
青年は優れた詩人だった
彼には
出征してたどる自らの運命が
手に取るように
見えていたのだろう

その頃
命は鴻毛より軽し
ということばが
人々を狂気へと駆り立てていた
そう思わなければ恐怖に打ちかって
戦地へ赴くことも
敵を撃つこともできないだろう
何しろ相手は
敵というだけで
個人的な恨みなど
元よりあろうはずもない
人々なのだ――

戦争は
狂気の支配する世界である
狂気は
日常をいとも容易く
反転させる
人が
ひょんと死んでしまうのだ
愛する人が
忽然と消えてしまうのだ
昨日まで当り前だったことが
今日から当り前でなくなるのだ
あの

令状一つで――

かつて
竹内浩三という青年は
兵隊となった自らの死を予感して
戦死やあはれ
兵隊の死ぬるや　あはれ
とほい他国で　ひょんと死ぬるや
とうたった
１９４５年４月
竹内浩三はフィリピンで戦死した
享年23歳
遠い他国で
彼は
ほんとうに
逝ってしまった――

2022.6.19

## 友達をつくるのは

友達をつくるのは
仲良くするためじゃない
だれも教えてくれないけれど
友達をつくるのは
ほんとうは
自分以外は他人だと
知るためなのだ

世の中は他人だらけだ
だから
友達を通して世の中を
知ることができる
どんなに君と似ていても
その友達は君ではない
だからこそ友達なのだ

他人の友達
友達の他人
僕らはそうやって

少しずつ社会を知っていく
自分の考えが
自分の考えでしかないと
思い知るのだ

僕は長い間
自分が言ったことは
１００％相手に伝わるものだと
信じ込んでいた
しかしそれほど
ことばは完全じゃない
相手に伝わった分だけが
コミュニケーションなんだと
教えてくれたのも
友達だった

ほんとうの友達なら
すぐに気づかせてくれるだろう
分からないことは
分からない
だめなものは
だめだと

即座に
言ってくれるはずだから

友達をつくるのは
仲良くするためじゃない
だれも教えてくれないけれど
友達をつくるのは
ほんとうは
友達こそ
君が社会を知るための
いちばん身近な
窓だからだ！

2022.2.24

## その先へ

差し込めば使える
電気のコンセントの先には
長い道のりがあって
遠い発電所に

繋がっている
それが原発ともなれば
原料のウランを入手するために
さらに
長い長い道のりが
待っている

僕らの知識は
いつも細切れで
どんよりと曖昧だ
だから大概は
原発という言葉を知っている
程度にすぎない
「核の鎖」
僕がそのドキュメンタリーに
出会ったのは
ほんの偶然のことだ
原発について
少しは知っている積りだったが
ウラン採掘についてては
まったくの無知だった
核の鎖とは

採掘・精錬・転換・濃縮・核兵器
もしくは
濃縮から加工・原発へと
枝分かれする
一連の工程のことだ

そもそも原発は
その最初の工程から
人々に被曝を強いていたのだ
犠牲になったのは
アメリカ　カナダ
オーストラリア　南アフリカなどの
ウラン鉱山の近くに住む
先住民たちだ
彼らは何も知らされず
採掘に従事させられたのである

最終的に
10gのペレット（核燃料）を作るのに
33kgのウラン鉱石が必要といわれる
そしてその大半は
鉱石くずや鉱さいとして

無造作に捨てられていたのだ
それが
環境を破壊し
先住民のいのちと暮らしを
いまなお蝕み続けている

電気のコンセントの
その先は遠く
ウランの放射能に苦しむ
先住民たちに繋がっていた
彼らはいう
「ウランは地中に眠らせておけ」
と——
彼らにとって
それを掘り出す輩は
悪魔の手先でしかないのだろう

資源や商品の輸入によって
便利で快適な暮らしを
享受する僕ら——
しかしその先には
ウランに限らず
理不尽な哀しみが
横たわっているかもしれない
極端な安さの先に
非情な搾取が罷り通っている
かもしれないのだ

その先へ
もっと先へ
考えを巡らしてみよう
そうすれば
僕らは少しずつ気づき
変わってゆけるだろう
誰が何といおうと
僕らの暮らし方は
僕らが選び取ればいい
のだから——

2022.7.31

# フェードイン・フェードアウト

マスコミが
流行らせた言葉を
僕らは
当たり前に使っている
忖度　コロナ禍　風評被害　脱炭素社会――
それらの言葉に
ほんの少しの嘘やまやかしが
含まれていたとしても
一度流通してしまえば
誰もそれに気づくことはないだろう
使われるたびに
言葉は血肉化していく
忖度　コロナ禍　風評被害　脱炭素社会――
もはや
誰もこの言葉を
怪しんだりはしない

いっぽう
マスコミが使わなくなったことで
しだいに忘れられていく
言葉もある
死の灰　ヒートアイランド現象　政教分離――
言葉の
フェードイン・フェードアウト
それらが
誰かの思惑によって
意図的に行われているとしたら――
言葉によって
社会は操作されているとも
いえるだろう
人々の関心を東京オリンピックに
釘付けにするために
原発事故の被害を矮小化するために
風評被害という言葉が
ことさら喧伝されたと
いわれている

あの原発事故のとき
放射性物質を含んだ雲は
放射性プルームと呼ばれ
僕の住む取手市は

ホットスポットと呼ばれた
原発に無知だった僕は
初めて聞くその言葉に
危機感をもつことはなかった
ホットスポット
なんと平凡な言葉だろうか
おそらくマスコミはこの先も
放射性降下物を
死の灰と呼ぶことはないだろう
ヒートアイランド現象は
地球温暖化と一括りにされるだろう
言葉を変えたその瞬間から
それは規定路線に
なったのだ

自己責任という言葉は
新自由主義の信奉者が
いいふらした言葉だと僕は思う
そしてTPPとは
グローバル企業が
国家の垣根を取り払うための
ブルドーザーなのだ

国家と肩をならべ
さらに強大な力をもった資本家たち
いまや
トヨタの時価総額は24兆円だ
そして世界を見渡せば
GAFAの
アマゾンとグーグルのそれは
すでに
100兆円を超えたという

政治家が
グローバル企業に国を明け渡すとき
国民は自己責任という荒野に
置き去りにされるだろう
それでも彼らのほうは
政治責任を問われることはないのだ
何故なら
自己責任と引き換えに
政治責任という言葉は
とっくに
フェードアウトしているからだ
僕らがマスコミに乗せられ

うっかり自己責任を認めようものなら
進んで自分の首を
絞めることになるだろう

マスコミが言葉を使い
僕らもそれを広める
そのとき消されていく言葉に
僕らはどれほど
注意を払ってきたのだろう
そして新しい言葉の意味も
充分に吟味しないまま
安易にそれを使っている
実体に相応しい言葉でなければ
僕らのコミュニケーションは
実体から乖離し
曖昧にならざるをえないだろう
僕ら一人一人が
話す言葉に責任を持つこと
それこそがほんとうの
自己責任ではないだろうか

2022.7.12

## 信用できる政治家

長年スウェーデンに住む
二人の日本人が
そのメリットとして挙げた
10項目の内の一つが
「政治家が信用できる」であった
その理由として
ユーチューバーの
彼女たちが指摘したのは
政治家が正直で
自分たちのために
政治が行われていると
実感できるということだった

政治家の嘘に
散々付き合わされている
僕らにとって
何と羨ましいことだろう
それでこそ
選んだ甲斐があるというものだ

しかも
それを支えているのが
優に80%を超える
高い投票率なのだ
日本の投票率が50%台
政権交代時でも
69%だったことを考えると
その違いが分かるだろう

スウェーデンは
若者たちを積極的に
政治に取り込んでいる国だ
その狙いは
民主制という価値を
次世代に確実に手渡すためだと
いわれている
かの国にとって
民主制こそがもっとも
守るべき価値なのだ
平たくいえば
個人の能力の最大化が
国力の最大化をもたらし
個人の幸福の総和が
国の幸福ということなのだろう
スウェーデンの人口は
およそ1000万人
一人当たりのGDPは
約6万ドルで日本の1・5倍だ
教育無償化の意図は
ここにあったのだ

翻ってこの国の選挙は
地盤・看板・鞄などといわれ
個人の能力よりも
既存の権威権力を基盤にしている
国会が多数の二世・三世議員で
占められていることが
その証左だろう
このように
日本の選挙では
肝心の「政策」は
どうやら
重要ではないらしい

国政選挙に
エントリーするだけで
３００万円もかかる国が
他にあるだろうか
公職選挙法は
18歳になるまで子どもたちを
一切の選挙運動から遠ざけ
若者たちの活力を
拒み続けている
政治家を選ぶのは
僕らのこの二つの目であることを
忘れてはいけない
僕らが直に選ばなければ
信用できる政治家など
生まれようがないのだ
80％を超える
スウェーデンの投票率は
筋金入りなのである

2022.7.28

## 人間として

ドキュメンタリー映画
『クワイ河に虹をかけた男』を見た
その男の名は永瀬隆さん
そして妻の佳子さん
ウィキペディアには
永瀬さんの実績はたった一行
「泰緬鉄道建設捕虜虐待事件犠牲者慰霊活動」
とあるだけだ
またいっぽうでは
政府がやらなかったことを成し遂げた
「たった一人の戦後処理」
ともいわれている
しかしそれらの言葉は
どこか表層的すぎるのでは
ないだろうか

永瀬さんは
陸軍の英語通訳として従軍し
タイで終戦を迎えた

無謀な泰緬鉄道建設では
多くの連合軍捕虜や
現地の労務者が
犠牲になっていた
死の鉄道と呼ばれる所以である
復員した永瀬さんは
連合軍の墓地捜索隊に参加する
そこで
悲劇の全容を知ったことが
永瀬さんの人生を決定づけたのだった
四十四歳で結婚するとき
佳子さんに伝えた
プロポーズの言葉は
「巡礼の旅を一緒にしてくれ」
だったという

妻を同志として迎え
子もなさず一途に生涯を捧げた
タイへの慰霊の旅は
135回に及んだ
実は終戦当時タイ政府は
12万人の日本軍の復員兵全員に
米と砂糖を支給したのだという
永瀬さんの旅は
その恩義に報いるためでもあったのだ
永瀬さんの年譜には
1964年の初めてのタイ巡礼以来
タイからの留学生受け入れ
クワイ河鉄橋での
連合軍元捕虜との和解の再会
クワイ河平和寺院の建立
クワイ河平和基金設立
無医村での移動診療と
超人的な活動が記されている
後に永瀬さんは
「やれることはなんでもやった」
と述懐している

それほどまでに
永瀬さんを駆り立てたものは
いったい何だったのだろう
永瀬さんはいう
「復員後の
ボロボロになった自身を立て直すため、

人間らしく生きるために
巡礼を続ける」と――
妻の佳子さんも
「別に楽しいことはないいん。
義務のように思うてしよるんじゃけん。
日本の国の恥じゃが。
それを感じとるんじゃけん、
しょうがねえ」と
事も無げに語るのだった

その佳子さんの言葉は
何か大きな忘れ物を
ひょいと手渡されたかのように
ずしりと僕の心に届いた――
どんなに優れた人でも
人を思いやる心がなければ
人間としては半人前だろう
戦争は最大の人権侵害だといわれる
戦争が終わっても
それで終わりではない
破壊された社会の復興と
傷ついた人々への癒しが
必要だからだ
それでも
一生苦しみ続ける人もいるだろう
一生恨み続ける人もいるだろう
その不幸の大本には
あの忌まわしい戦争が
いつも横たわっているのだ――
永瀬さんはいう
「戦争はするもんじゃない、
絶対に」

永瀬さん夫婦は
戦争によって踏み躙られた
人間としての尊厳を
ただただ
取り戻したかっただけでは
ないだろうか
思えばタイ政府は
復員兵を人間として処遇し
慈悲の恵みさえ与えてくれた
本来なら自らの不明を恥じ
その恩義に報いることこそ

日本政府の役目だったはずだ
ところが永瀬さん曰く
「負けたことをいいことに何もしない」
のだった
それどころか
混乱を恐れた外務省は
永瀬さんの和解活動の中止すら
要請してきたという

恨みが残れば次の戦争の熾火に
なるだけだろう
それでは
地上から永遠に戦争は
なくならない
あろうことか
日本政府は今
戦争体験者が鬼籍に入るのを
待っていたかのように
憲法九条をかなぐり捨てようと
画策している
人類は愚かな為政者のもとで
絶滅への道を突き進むのだろうか

それとも
賢明な人々の願いと努力によって
核兵器を
そして全ての武器を
無くしていけるのだろうか
人間としての真価が
問われている――

嗚呼
それにしても
何とあっぱれな夫婦だろう
この映画の最後は
亡くなられたふたりの遺骨を
クワイ河に散骨するシーンだ
それは
ふたりの遺言だったという
夫婦をおとうさんおかあさんと慕う
たくさんのタイの子どもたちが
色鮮やかな花びらと一緒に
遺骨を河へ流してゆく
子どもたちの手によって
この類まれな夫婦は

クワイ河の精霊と
なったのである――

2022.9.20

## 数学と消費税

こんなタイトルの詩を書く僕が
あまのじゃくなら
読んでみようとする君も
相当のあまのじゃくかもしれない
数学といっても
微分積分のような難しい話じゃない
消費税のカラクリは
一つの数式の話なのだ

それでは解説しよう
ここに一つの数式がある
①（X－Y）×Z　ここで
X：売上額
Y：仕入額
Z：消費税率とすれば
この式の計算結果が消費税額
ということになる

ところでこの（X－Y）
（売上額－仕入額）とは
いったい何だろう
例えばパン屋さんなら
小麦粉からパンを作って売るだろう
職人さんが材料の小麦粉を加工して
パンという価値を付け加えているのだ
だから付加価値と呼ばれる

欧米諸国にも
日本の消費税と同じ税金があるのを
君も知っているだろう
向こうでは単刀直入に
付加価値税と呼ばれている
付加価値に掛かる税金という意味だ
それが日本ではなぜ
消費税と呼ばれるのだろうか

日本では消費税は
消費者が負担するものだと
一般に信じられている
ひょっとしたら
君もその一人かもしれない
しかし消費税がそもそも付加価値税なら
付加価値を生み出さない消費者が
なぜそれを負担するのだろう

実は消費税法には
消費者という言葉は一切でてこない
それどころか納税者は消費者ではなく
製造・卸・小売りなど全ての事業者なのだ
そしてその税額は次の式で示される
売上課税額－仕入課税額
この式は②XZ－YZとなり
括弧で括れば式①と同じだ

日本の消費税は
消費税という名の付加価値税である
それを悟られないために
消費税法から式①は巧妙に隠されている

そして極めつけはこのネーミングなのだ
もし本当に消費者が消費税を払っているのなら
小売店が預かった分を納めれば
済む話ではないだろうか

ところが実際はそうではない
司法判断(注)ではレシートの消費税相当分は
対価の一部に過ぎず
預り金ではないというのだ
平たくいえば消費税という名前が
僕らにその負担者であると錯覚させ
税率アップによる物価高騰への不満さえ
体よく躱されている訳なのだ

どんな事業者も
売上から仕入を差し引いた付加価値額から
給料を支払い利益を確保しなければならない
その付加価値全体に税率を掛けるのが
付加価値税なのだ
元々利益の薄い事業者にとっては死活問題だろう
いつでも消費税分を価格に転嫁できるなんて
机上の空論でしかないからだ

それればかりではない
式②が独り歩きして
売上課税額を0にしてしまう荒業まで
やってのけるのだ
それは消費税を回収できない外国の税率を
0％にするという方法だ
式①からすれば税率は同じ筈だから
売上税率だけ0％なんてあり得ない

売上税率を0％にすると
式②はマイナスになる
マイナスとは還付される税金のことなのだ
仕入が大きく税率が高いほどその額は巨額だ
この恩恵をもろに受けているのが
自動車・家電などの巨大輸出企業だ
たとえば巨大な付加価値を生み出すトヨタが
毎年何千億もの還付を受けている

そろそろまとめに入ろう
消費税の式は本来
式①（売上額－仕入額）×消費税率
一つだけなのだ　これを
付加価値額×消費税率としてもいいだろう
この式で消費税額がマイナスになるのは
付加価値がマイナスになった時
つまり給料すら払えない時だけなのだ

巨大な黒字のトヨタが
消費税を免除されるどころか
還付金まで貰う仕組みとは
式①を式②に分解し
さらに売上税率のみを0％とした
数式の意図的な誤用（詐欺）である
消費税はさらに憲法の応能負担原則にも反し
憲法違反だといわれている

2022.12.18

（注）１９９０年3月26日東京地裁、同年11月26日大阪
　　地裁判決。

## 僕のカミガミ

20代の後半に

俳句を始めて
40年以上の付き合いになる
自分が感動したことを
ただ正直に
書き連ねてきただけなのだが
多少の巧拙はあっても
僕の詠むものは
ほとんど変わらない
三つ子の魂であろうか

俳句に限らず
自分の心にかなうものを
正直に
ただ愚直に追い求めていくと
そこには
自ずから一すじの道が
見えてくる
それがつまるところ
自分自身というものでは
ないだろうか

最近になって

山尾三省さんの
『アニミズムという希望』という
講演録に出会った
それがどういう訳が
僕の読書遍歴の中で
出会うべくして出会った本
という気がしてならない
読書もまた
自分探しの旅なのだろう

来し方を見遣れば
一時貪るようにして読んだ作家たち
杉浦日向子さん　須賀敦子さん
星野道夫さん　小島寅雄さん
池田晶子さん
そして僕が
サラリーマンの傍ら
ずっと続けてきた俳句も
このアニミズムということに
繋がっている

日本には

八百万の神がいるそうだが
三省さんはいう
海を見れば
気持ちが大きく広々と広がっていく。
そういう
善いもの、広がりがあるもの、
美しいもの、なぐさめてくれるものはすべて
他に呼びようがないから
カミと呼んだのだと。

そういわれてみると
僕が子どもの頃に見た
蛍の乱舞も
水中の鮒の鱗の煌めきも
夕日に浮かぶ赤蜻蛉の大群も
あれらはみな
カミだったのではないだろうか
この僕を育んだのは
貪るようにして遊んだふるさとの
カミガミだったに違いない

あれから半世紀
今や年に4万種もの生物が
絶滅しているという
その張本人である人類が
無傷でいられる筈はないだろう
僕のカミガミは
みんな消えてしまった
変貌したふるさとの
記憶のなかの
カミガミである

2022.12.10

*『アニミズムという希望』山尾三省著　野草社

## 幸運だった東海第二原発

3・11の大地震発生直後
東海第二原発の原子炉は自動停止し
停電により交流電源が
失われました
高温の原子炉を冷やし
冷温停止状態にするために

すぐに3台の
非常用ディーゼル発電機が
自動起動しました
この発電機は
標高8ｍの
原子炉建屋内に
設置されています

しかし
ディーゼル発電機の
長時間の運転には
冷却用の海水を循環させるための
海水ポンプが必要です
海水ポンプは
6・1ｍの防護壁に守られて
海上に設置されています
もし防護壁を越えて
海水が浸入し
ポンプが動かなくなれば
非常用発電機も
稼働できなくなるのです
海水ポンプこそが

まさに命綱でした

地震から
約30分後に到達した
津波の高さは
5・4ｍで
防護壁まで70㎝の
余裕がありました
ところが実際には
一台の海水ポンプが水を被り
連動する一台の発電機が
運転不能になりました
それは何故だったのでしょう
実は直前まで行われていた
防護壁の嵩上げ工事と
関係があったのです

この防護壁は
地震の2年前の2009年7月まで
4・9ｍしかありませんでした
日本原電は
茨城県の要請を受けて

何と地震の3日前まで
6・1ｍへの
嵩上げ工事をしていたのです
工事はほぼ完成していましたが
一カ所だけ
ケーブルピットと呼ばれる部分が
塞がれていませんでした
そこから水が入り
一台のポンプが
被害を被ったという訳です

もし
2年前にこの大地震が起こっていたら
東海第二原発も福島第一原発と
同じだったかもしれません
もし
嵩上げ工事の工期があと3日延びていたら
一台の電源喪失では
済まなかったかもしれません
もし
津波の高さが
あと70㎝高かったら――

考えるだけでぞっとしませんか
実際福島第一原発には
東海第二原発の3倍の
15ｍの津波が襲って
いたのですから――

私たちは
幸運にも東海第二原発の
過酷事故を免れたのです
しかし
幸運は何度も続くでしょうか
私たちは幸運に縋るだけで
いいのでしょうか
日本原電は
非常用電源が全て使えなくなっても
緊急用電源があるから
大丈夫だとうそぶいています
しかし絶対安全といわれた原発が
福島では爆発しました
いまさら
大丈夫ということばを聞いても
虚しさが残るだけです

あの時
いくつもの幸運に恵まれた
東海第二原発は
最終的に
2台の非常用発電機と
翌日に到着した電源車の力を借りて
3日半後の3月15日0時40分
冷温停止に漕ぎつけたのでした
もし東海第二原発に
もしものことがあれば
関東圏に住む私たちも
避難民になっていたかも
しれません

現在東海第二原発の
30㎞圏内には14の市町村があり
94万人が住んでいます
東海第二原発は
人口密集地にある原発です
首都東京に最も近い原発です
そして2018年11月で
40年を迎えた老朽原発です

日本原電は
20年の運転延長を画策しています
ほんとうに私たちは
幸運に縋るだけで
いいのでしょうか

100万人の避難計画など
もとより出来るはずもありません
何より茨城県は農業県です
豊かな大地を
放射能で汚染させていいのでしょうか
半減期30年のセシウム137が
1／1000のレベルになるのに
300年かかります
かけがえのない大地を見捨てて
いったい何処へ
逃げろというのでしょう

福島の時でさえ
私の住む取手市や柏市
そして都内にも
いくつものホットスポットができました

首都圏には
日本の人口の約3割にあたる
３８００万人が住んでいます
もとよりそこは日本の中枢部なのです
東海第二原発から東京千代田区まで
たったの１１５㎞――
私は何だか
空恐ろしくてたまらないのです
あなたは
そうは思いませんか？

2022.10.20

# Ⅷ　２０２３年

## ことばをあたためる

僕の知っている高橋さんは
「もっと、ほんとうのことが知りたい」
といいました
僕の知っている菊地さんは
「こんな政治でも文句をいわないのは、
とりあえず、食べていけるからかな」
といいました
別々に聞いたそのことばを
長い間あたため続けた僕は
ある時
この二つのことばを繋ぐことばに
出会ったのです

それは
民は之に由らしむべし、
之を知らしむべからず
という孔子のことばでした
その本来の意味は
人民を従わせることはできるが、
なぜ従わねばならないのか、その理由を
分からせることは難しいというものです
しかし悪意のある為政者は
おそらく
従わせるだけでいい、知らせる必要はない
とでも思っているのでしょう

そう考えると
高橋さんのことばは
僕らが本当のことを知ることができないのは
為政者が隠しているからだ
ということになります
ほんとを隠す制度はいくつもあります
総務省はメディアの許認可権を握っています
文科省は教科書の検定を行っています
そして特定秘密保護法が施行されて

やがて10年にもなるのです
どんな秘密があるのかさえ
僕らには分かりません

そう考えると
菊地さんのことばは
僕らは飼い馴らされているという意味
にもなるでしょう
この国では
教育は従順な国民づくりに費やされています
民主制を担う自立した個人ではないのです
社会のあらゆる場所に絶対者がいて
ものいわず従うように
仕向けています
それがこの国の秩序の正体
なのではないでしょうか

ところで
論語の原文では
子曰く、民は之に由らしむべし。
之を知らしむべからず。
とありその対訳は
孔子はこう仰いました、
徳によって民を従わせることはできるが、
民に理解させることはできない。
というものです
ああ僕らには損得や特価ばかり――
政治家も僕らも
徳を忘れて久しいようです

2023.3.21

## 束ねられて

足し算の答えを和とも
総和ともいう
足されるのが人なら
人力を結集するということだろう
稲作を生業とした先人たちが
共同体を維持するには
何よりも村人の結集が
必要不可欠だったに違いない

聖徳太子の十七条の憲法には
一に曰く、
和《やわらぎ》を以て貴しと為し、
忤《さか》ふること無きを宗とせよ。
とある
多分に道徳的な文章だが
当時の官僚や貴族が守るべき規律を
定めたものだという

忤《さか》ふるとは
さからうことで
何事によらず上位者に従い
場の雰囲気を壊すような振舞は
慎めということだろう
今でも先生からは「仲良く」といわれ
会社では「全社一丸」
などと鼓舞される

そうしていつのまにか
僕らはすっかり組織に束ねられていく
それだけではない
挨拶さえ共視の思想で貫かれているのだ

例えば「おはよう」は
「山の端に昇る朝日を一緒に見ながら、
未だこんなに早かったんですね」
と共感しあう意味だという

大いなる和の国――やまと
しかしそもそもこの和とは何だろう
ここにあるのは
人間関係のしがらみの中で
漸くに獲得された和ではなく
強いられた和に過ぎないのではないか
そこに所属した途端に強いられる
内向きの和――

この和と民主制が両立するのか
僕にはよく分からない
ただこの和はむしろ
全体主義に近いような気がするのだ
この和が
かつての隣組制度を生み
企業戦士や自粛警察を生んでいる
母胎なのではあるまいか

強いられた和は
従わぬ者たちを爪弾きする
何故なら
黙って従っている側にも
言い知れぬ鬱憤が溜まっているからだ
そのはけ口として
弱者に向かって噴き出すのが
いじめなのだろう

日本国憲法の前文には
平和を愛する諸国民の公正と信義に信頼して、
われらの安全と生存を保持しようと決意した。
とある
それは内向きの和を突き破る
決意表明だったのではないかと僕は思う
戦後の世代はその思いに
どれほど報いてきたのだろうか
心許ない気がしてならない

強いられた内向きの和から
信頼に基づく外向きの和へ ――
そのためには僕ら自身が自立することだ
他人も自分も
同じように大切だと思うことだ
束ねられてしまったら
企業戦士がそのまま本当の戦士に
代わるだけなのだ ――

2023.1.21

## 島国

かつて瑞穂の国と呼ばれた
その島国では
田植や稲刈りを恙無く行うことが
命の糧を得るうえで
何よりも重要なことでした

そのため
個人の言い分よりも
一致団結することが強く求められたのです
その中で己を主張し和を乱すものは
敵視され差別されていきました

村八分は
火事と葬式以外は一切の協力を拒む
究極の疎外行為です
そうして仲間内だけの強固な体制が
築かれていったのです

島国でしたから
海を渡って新天地を拓くこともできません
長い物には巻かれよとか
寄らば大樹の蔭といった言葉が
いつしか彼らの信条となりました

農民がサラリーマンになっても
何も変わりませんでした
この国が軍隊を模した教育制度を貫き
死刑制度を廃止しないのは
和を強制するためなのです

2023.3.26

## 僕を信じないで下さい

僕のいうことを
信じないでください
僕の知っていることといえば
砂浜の一粒の砂のような
僅かな知識と
僕がずっと考え続けたこと
それに恐らくは僕の思い込みに
過ぎないものだけですから
長い時間をかけて
学校で教わったことも
歴史となれば話は別です
検定という名の
検閲制度のあるこの国の教科書を
そのまま信じることなど
到底できないでしょう
正史とはそんなものです

それに僕もついこの間まで
テレビのいうことを

信じていましたから
僕の知識の半分くらいは
本当かどうか自信がありません
そんな僕の話ですから
どうか僕のいうことを
信じないでください

それでも聞いて
くれるというのなら
僕の知識をベースに
僕が考えたことだけをお話ししましょう
僕は陰謀論を信じませんが
誰かが端から陰謀論だと
根拠もなく決めつけたような話は
むしろ信じているのです

陰謀論という言葉自体が
多くの人をそこから立ち退かせる
表札のようなものだからです
つまり陰謀論だといえば
馬鹿らしくなって引き返してしまう
丁度忖度ということばが
指示者Xの存在を否定するのと
同じことです

ですから
$CO^2$温暖化説も
未だに仮説にすぎないと思います
それをもとに策定された
SDGsも
目的は$CO^2$削減です
他の16項目を抱き合わせて
カムフラージュしているのです

オランダでは
窒素の削減策が
家畜数の大幅削減に繋がるとして
酪農家のデモが起きています
脱炭素は
いまや世界の合言葉――
そしてタンパク質を補うため
昆虫食の開発が進められています
脱炭素は

ボタンの掛け違えのような
気がしてなりません
そこから世界があらぬ方向に進んでいます
確かに$CO_2$濃度は
気候の自然変動の範囲を逸脱して
空前の４００ｐｐｍ近くまで
達しています

人類の活動が
地球環境の変化を引き起こすほどに
巨大化しているのは事実でしょう
それならばむしろ
人類の活動をペースダウンするほうが
賢明ではないでしょうか
無駄な投資をやめ
エネルギーの使用を減らすのです

そもそもＳＤＧｓの
SustainableとDevelopmentは
本当に両立できるのでしょうか
ホセ・ムヒカさんはいいます
「貧乏とは、欲が多すぎて
満足できない人のことです」と——
此の期に及んでのDevelopmentは
欲張り過ぎではないでしょうか

君が僕を信じるのは
僕らの考えが一致した時だけです
君は君の考えを信じてください
僕は僕の考えを信じますから
もし幸運にも僕らの考えが同じなら
その時は手を取り合って進みましょう
だからその時が来るまで
無暗に僕を信じないで下さい

2023.3.20

## 本当ですか

端から人を
疑ってかかる人はいないでしょう
まずは信じてみること——
それが人間関係の始まりです

僕らのコミュニケーションは
この麗しい性質によって
支えられています
ことばを信じること
信じられることばを話すこと
ともに社会の土台です

ところがそこに
端から
人を騙そうとする悪意が入り込んできたら
いったいどうなるでしょう
大方は儲けるために
平気で嘘を吐く人がいるのです
神を失って人は
見かけほど立派ではなくなりました
権威に従うだけの人は
簡単に騙されてしまうでしょう

政治が長く嘘を吐き過ぎました
マスコミの垂れ流す嘘は
いよいよ巨大化しています
特定秘密保護法――

僕らは何が秘密なのかさえ
知ることができずにいます
$CO_2$温暖化説は
いつ実証されたのでしょうか
新型コロナはコッホの4原則を
いつ満たしたのでしょうか

その嘘に気づいた人々が
インターネットで
情報発信を続けています
嘘を暴きだしているのです
人々は分断され
疑心暗鬼の時代が到来しています
情報を自ら探し
複数のリソースを比較できる人が
真実らしきところに
着地できるのです

自己責任の荒野で
人々は政府から見放されています
それでも政府を信じるなら
人々は政府に殺されるかもしれません

正しい情報がなければ
正しい判断をすることができません
それはもはや
僕らの生き残りをかけた戦いです
$CO_2$温暖化説は本当ですか
新型コロナパンデミックは――――

2023.3.17

## みんな違って

教育学者の大田堯さんは
いのちの特性は
違う　変わる　関わる
ことだという
詩人の金子みすゞさんは
「私と小鳥と鈴と」という詩を
鈴と、小鳥と、それから私、
みんな違って、みんないい。
と結んだ
僕の大好きな詩である

僕の飼っている
二匹の猫は
兄弟だが性格は大いに違う
おっとり型のゆずと
気が強いベリー
猫でさえそうなのだから
僕は人間も
みんな違って、みんないい
と思っている　そして
それを認め合える社会がいい

しかし僕は
他人が僕とどれほど違っているか
実はよく分からない
他人から赤裸々な話を
聞かされたこともないし
僕も自分のことを話してこなかったからだ
みんなと仲良くして
いつもいい子でいるために
僕らは自分をどこかの穴倉に
閉じ込めてしまったらしい

アメリカ人の子供たちが
やあトム　ところで
君の意見はどうなんだい？
としつこく聞かれるのとは
大違いだろう
そういわれ続けたら
だれだって自分の意見ぐらい
持てるようになるだろう
彼らがどんな大人になるか
想像するのは簡単だ

しかしこの国では
だれかに従うと決めるだけで
僕らは自分の意見を持たなくても
済んでしまうのだ
どんな政治でも
食べられるだけで充分というのなら
選挙に行く必要もないかもしれない
実際多くの人々は
政策よりも勝馬に乗ることばかり
考えているという

しかし
僕らが穴倉から抜け出して
みんな違って、みんないい。
と叫ぶだけで　僕らの社会は
変わっていけるのではないだろうか
ところで、君の意見はどう？
と互いに聞き返すだけで
僕らの話し合いの場が
ぐんとゆたかになるだろう
ほんとうの民意は
僕らひとりひとりの胸の内に
きっとあるはずだから――

2023.4.12

## この空を

この空を今
河原鶸のむれが飛んでいく
ふりそそぐ鈴の音でそれと分かる
この空を今

鴉が一羽啼きながら遠ざかっていく
カアーカアーと濁らない声は
くちばしの太いほうだ
鳩もこの空の常連だが
彼らは声をたてずに
まっすぐにぐいぐいと飛ぶ

鳥声が聞こえてくれば
僕はとっさにその鳥を思い浮かべる
日に何回も見上げる空――
僕はいつも鳥を感じていたいのだ
その声をきき
その飛び方をみれば
鵯か椋鳥かはすぐに見分けがつく
波状に飛ぶ鵯滑空する椋鳥
椋鳥は空飛ぶ三角定規だと
だれかがいった

遠くへ渡るのでなければ
肉眼で見える高さを鳥たちは飛んでいく
だから飛行機を仲間だとは思わないだろう
中空は鳥の領域なのだ――

そこにあろうことか
ドローンを飛ばすという
渋滞知らずの宅配にするのだという
魔女ならぬドローン宅急便
鳥たちはドローンを仲間だと
思うだろうか

そんな便利を
人々は本当に切望しているのだろうか
ドライバーには夜は休んでもらって
荷物は今の倍の日数で届けばいい
というくらいに
人々の気持ちが温暖化すれば
社会全体のペースダウン効果で
$CO_2$はぐんと減るだろう
僕にいわせればドローンなんて
空が騒がしくなるだけだ

僕が鳥好きだから
そんなふうに思うのだろうか
それとも鳥にとっても
迷惑だろうと思ってくれる人が

少しはいるのだろうか
だれかが頭の中で考えたもので
目に見える世界が埋められていく
脳化社会も終にここまで来たかと思う
しかし少しやり過ぎだと
僕は密かに思っている

2023.4.19

## 僕の体を思う

今はもう成人した子が
初めてハイハイをしたとき
はひはひが春の窓辺へまつしぐら
と詠んだ
やがてその子が歩けるようになると
秋高し子に初めての靴下ろす
と詠んだ
そして親子三人で散歩しながら
手を解き五月の風と駆けゆけり
と詠んだ

その頃の記憶は
もはや子にはないであろう
しかし
初めてハイハイができたとき
初めて歩けたとき
その驚きと達成感はいかばかりで
あったろうか
子はそれができる喜びにあふれ
確かにこれが自分だと
自分の体を確信したことだろう

そして立つことも歩くことも
ことさら意識することない長い歳月を経て
僕らはかえってくる
僕は先ごろ
春疾風膝庇いつつポストまで
と詠んだ
膝が痛んで歩くことが儘ならないのである
僕は思う
気にかけてやらなかった長い歳月を
僕の膝は頑張ってきたのだと
僕はまた思う

僕の眼が弱ってきたのはパソコンで
眼を酷使したからに違いないと
酷使した部位から
僕らの体は弱っていくのだろう
その時僕らは再認識するのだ
この体もまた紛れもなく自分であったと
そうして
自分の体を横たえる日のやがて来ることを
自然に肯えるならそれでいい

2023.4.19

## 幻想どうぶつ

世の中が少し分かりかけてきたのに
世の中を去る日が近づいているとは
いったいどうしたことだろう
人生が短すぎるのだろうかそれとも
世の中に嘘が多すぎるのだろうか

もっと早く知っていればよかった
と思うことはいくらでもある
嘘が暴かれることがないなら
僕らは所詮幻想の世界を生きる
幻想どうぶつでしかないのだろうか

嘘を教わりそれを信じつづけた長い歳月
嘘を一つ一つ剝がしていった残りの歳月
世の中に流布する嘘が少なければ
僕らはもっと早くに賢くなって
世の中を変える力にもなれただろう

世の中は嘘で回っている
嘘がなくならないのは
嘘を吐く人にとって好都合だからだ
たとえばモノを売りつける人たち
たとえばヒトを支配する人たち

僕らは幻想どうぶつ
しかしそれに気づいている人は
一割もいないのではないだろうか
僕らは狂気のように嘘を信じる
仲間外れにならないように――

# 謀るコトバたち

# 2023.4.21

今日もニュースが
新しいコトバを連れて
この町にやってくる
すると競うようにそれを口にし
僕らが率先してそのコトバを広めていく
僕らは知らず知らず
コトバの伝道師に
なっているのだ

新しいコトバは
流行をつくり
古いコトバを駆逐していく
もし僕らが何も気づかず
そのことに加担しているとしたら
君はどう思うだろうか
自己責任というコトバが大手をふれば
政治責任は影を潜めてしまうだろう
パンデミック
三密　ウィズコロナ　ポストコロナ
気候危機　脱炭素社会　昆虫食
新しいコトバは
誰が作りどのように広めるのだろうか
そこには世論を誘導する
隠された意図が
あるのではないだろうか

僕は今
流行語の蔭に追いやられた
コトバたちについて考えている
政治責任　政教分離　死の灰
原子力緊急事態宣言
どれも今の政治を照射する
ほんとうは大事なコトバたち
ではないだろうか

ひところ流行った
忖度というコトバも
全てを実行者の責任に転嫁し
指示者Xの存在を否定するための

巧妙なトリックだったと
僕は今でも思っている
そして公共放送は国営放送の仮面だと
密かに疑ってさえいるのだ

2023.4.26

## 幸せの五感

僕らの耳は
それが注がれる音で
お湯か水かを
聞き分けることができます
僕らの指は
紙の端を抓んだだけで
一枚かどうか
探り当てることもできます
そういえば目分量
という言葉もありました

僕はあるとき
雨の庭の紫陽花を見ていました
すると雨音の背後に
雨垂れの音が聞こえてきたのです
これまでも聞いていた筈なのに
意識に上らなかった
雨音の二重奏――
そのとき
こんな句が生まれました
雨音に雨垂れの音濃あじさゐ

頻繁ではありませんが
俳句をしていると
思わぬ発見をすることがあります
雲雀は啼きながら
束の間羽搏きを止めるのです
そのときは
雲雀つと羽搏きとめて風躱す
と詠みました
分かってくれる人がいなくても
それでもいいのです

一木にいのち昂る蟬の声

と詠んだのは
八月のある日の
ふりそそぐ蟬時雨の中でした
八月は戦争で死んだ人の魂が
僕らのすぐ近くまで
来ているような気がします
鬱々としたまま
こんな句も出来ました
八月の心はしんとしたる儘

美味しいものや
美味しそうな匂
味覚と嗅覚
五感の内でもこの二つは
僕らをあっという間に幸せにできる
魔法の感覚です
僕らは有難いことに幸せの五感をもって
生まれてきたのです
俳句は五感がキャッチする
　今ここの詩です
スケジュールに追われていたら
僕らはいつまでたっても
今ここにいることができません
還暦を過ぎて僕は
漸くそのことに気づいたのです
後悔先に立たず――
しかしいつか五感を楽しむ暮しへ
僕らは還っていくのではないでしょうか
今ここにいるだけで
それは叶うのですから――

2023.4.29

## アバウトでいいなら

雑巾を固く絞るように僕の心も
きつく締め上げられていたのだと
今になって思います
会社という所は
多かれ少なかれそんな居場所です
売上・ノルマ・効率・経費
そんな言葉が歯車の潤滑油のように

体じゅうに沁みついて
疑問を抱くこともなく
毎日をやり過ごしていたのです
今でも――そうなのでしょうか
リタイアして9年が経ちました

会社人間だったあの頃
僕はアバウトというコトバが
大嫌いでした
何事も完璧でないと
気が済まなかったのです
体よりも脳のほうが圧倒的に優位でした
ワーカーホリックだったのかもしれません
風邪を拗らせて
危うく死にかけたこともあります
どうしてあんなことができたのでしょうか
この国には未だに
過労死を返上する気配はありません

僕らの会社がアバウトでいいなら
僕らはロボットではなく
人間のままでいられたことでしょう

僕らがみんなアバウト好きなら
人付合いはどんなに穏やかだったことでしょう
一時が二時間もあった江戸時代のように
だれかが待ち合わせに遅れても
目くじらを立てる人とていない――
僕らの社会がアバウトでいいなら
どんなにか生き易かったことでしょう
嗚呼それもこれも僕らの選んだ仕組み
資本主義のせいなのです

2023.4.30

## 心を込めて此処にいる

家族の中でいちばん
早寝早起きの僕の日課は
毎朝四時に起き
前日の洗い物を拭いて棚に収め
コーヒーを淹れることです
いつもなら
時計を気にしながら

義務のようにこなす時間ですが
何故かその日は
すこしばかり違っていました
スプーンの柄を拭き
窪みの部分を拭き取りながら
ふとありがとう
と洩らしていたのです

幼稚園児でもあるまいし
古稀に手が届くこの歳になって
スプーンさんありがとうもないものだ
と思わず苦笑したものの
ありがとうの気持ちだけは
ふつふつと湧いてくるのでした
僕はいつになく丁寧に
スプーンの水気を拭き取り
回しながら茶碗を拭き
拭き残した底の部分も
まんべんなく拭き取っていきます
すると今度は
心を込めてという言葉が
浮かんできたのです

定年過ぎて
できるだけ今此処にいようと
心掛けてきたつもりでしたが
やっと分かったんです
今此処にいたいなら
心を込めることだと――
それは移ろいやすい心を
今此処に引き止めることです
その糸口は
物に対する感謝の気持ちでした
物の向こうには作った人が必ずいます
心を込めて此処にいる
心を込めて
生きてみようと思います

2023.5.18

## 僕はもう嘆かない

僕はもう嘆かない
立ち止まっていたのでは

その先を知ることはできないからだ
僕はもう嘆かない
彼らが
どんなにあくどいか
どんなに巧妙か
どんなに心無い人たちか
彼らを具に知るためには
嘆いてなどいられないのだ

僕はもう恐れない
元総理は
北朝鮮のミサイルが発射されたとき
日本へ発射されたと表現した
それが
日本の方角へなのか
日本を標的としての意味なのか
日本語はあいまいだ
予め怖れを抱く人なら標的のことだと
勘違いしてしまうだろう

いくら
Ｊアラートを鳴らしてみても
そんなもので被害を減らすことは
できないだろう
あれは国民を守る算段ではない
恐怖を植え付け敵を作るためのものだ
その証拠に
日本には核シェルターは殆ど無いが
ソウル市の普及率は１００％
だといわれている

国会議員の原口一博さんは
自らの体験をもとに
新型コロナワクチンの被害を告発している
覚えているだろうか
ワクチンは初め
愛する人のための感染予防だった
それが重症化リスク対応となり
今では自己責任となった
ゴールポストが恣意的に動かされたのだと
原口さんは指摘する

ファイザー社が
ＦＤＡ（アメリカ食品医薬品局）に

有害事象報告書を提出したのは
２０２１年２月28日のことだ
ファイザー社はその時点で
１２９１もの有害事象を把握していたのだ
折しも日本では
医療従事者向けの先行接種が始まろうとしていた
対象者は約４万人と２月17日付で
ＮＨＫが報じている

ファイザー社が
70年は秘密にしておきたかったという
有害事象報告書はしかし
司法当局の判断のもと
一年後の２０２２年３月２日に公開される
しかし日本ではその情報は封印される
政府が４回目の接種を視野に
必要なワクチンの確保を行う基本方針を決定した
とＮＨＫが報じたのは
同じ月の３月29日のことだ

ああ何ということだろう
日米両政府はこれ程の有害事象を知っていながら
ワクチン接種を推進してきたのである
でも何のために？
名古屋大学の小島勢二さんによれば
延べ接種回数をインフルエンザ２億６千万回
新型コロナ２億８千万回とほぼ同等に均してみると
ワクチン接種後の死亡者数は
インフルエンザ35人に対しコロナ１７６１人
と50倍にもなっているという

有害事象公開からすでに
一年以上が経過したが
テレビも新聞も
だんまりを決め込んでいるとしか思えない
彼らには
この有害事象を大きく報じて
国民の注意を喚起するつもりなど
さらさらなかったのだろう
２０２３年５月新型コロナは
インフルエンザと同じ５類になった――

僕はもう嘆かない
立ち止まっていたのでは

その先を知ることはできないからだ
僕はもう嘆かない
彼らが
どんなにあくどいか
どんなに巧妙か
どんなに心無い人たちか
彼らに立ち向かうためには
嘆いてなどいられないのだ

2023.6.19

## 猫と人間

猫を飼い始めて
一年が過ぎた
妻の友人の友人のそのまた友人から
二匹同時に貰ってきた
姉弟だという
早速名前をつけた
ベリーは気が強そうな女の子
ゆずはおっとりした男の子だ

その日から
猫との共同生活が始まった
半年ほどすると
こちらも要領が分かってきて
彼らも警戒心を解いて寛ぐようになった
それが今では勝手し放題である
どこでも爪を研ぐので
家がぼろぼろになっていく

猫の暮し振りを
具に観察していると
ありふれた感想だが
猫は猫としかいいようがない
彼らは一瞬たりとて猫を逸脱しない
猫として真っ当に生きている
それはそれで
何だかすがすがしい

翻って人間がそれ程
すがすがしいとも思えないのは
他人に干渉するからではないだろうか
それが嵩じると

他人を服従させ支配しようとする
奴隷化である
第四の権力のマスコミが権力の側についていて
知識と情報と富の格差が拡大中だ

民主主義は
人間は誰しも自由で平等だと説いたが
今や極端な富の集中が
再び奴隷化への道を突き進んでいる
国家とてグローバリストの言い成りではないか
我が家の猫たちは
今日も幸せそうに
タワーの上で眠っている――

2023.6.24

## 夜に眠る

今はあまり聞かないが
昔は健康といえば
快食快眠快便ということが
よくいわれた
韓国語の
いただきます＝チャルモッケスムニダ
を直訳すれば
「よく食べます」である
同様におやすみなさいも
「よく眠ります」だ

実はコロナに罹って
熱は引いたものの食欲が戻らず往生した
その時に浮かんだのが
快食快眠快便という言葉だった
快食とは
体調がよく、食事が進むこと。
おいしく食事をすること。
だそうだ
三つ揃えばまさに
健康のエンジンになるだろう

ところで睡眠科学者の書いた
『睡眠こそ最強の解決策である』
という本によれば

大半の病気は眠るだけで治るという
眠っている間に
自然治癒力がフルに働くからだ
記憶は整理され傷は癒される
とくに真夜中の数時間は
眠っていなければいけない
重要な時間帯なのだという

ＯＥＣＤが発表している
２０２１年の睡眠時間ランキングでは
日本は７時間22分で
33カ国中最下位である
もちろん個人差は大きいだろうが
問題は夜中に
眠れているかどうかだろう
労働者にリスクを負わせて
５割程度の深夜割増率で働かせることが
はたして許されるのだろうか

労働者も身を削ってまで働いて
幾何かの割増賃金を得たとしても
長い目でみれば

もし病気になって高い医療費を支払うのなら
元も子もないだろう
経済効率というのは端的にいえば
脳が決めたことである
いわば脳の指令なのだ
それに対して夜の睡眠は
数十万年と続く体の指令である

ああ人は本来
夜に眠る生きものだったのだ
経済効率に体を合わせて
夜も働くようになったのは
ここ数十年来のことだろう
脳化社会が
人々の体を酷使している
それが現代の姿なのではないだろうか
こんなことで僕らは
幸せになれるのだろうか

2023.7.7

＊『睡眠こそ最強の解決策である』マシュー・ウォーカー著　ＳＢクリエイティブ

## えがお

きょう
だれかの　えがおに　であえたら
きっと　ぼくは　しあわせです

きょう
だれかを　えがおに　できたなら
もっと　ぼくは　しあわせです

えがおと　えがおで
つながる　せかい
それが　どうにも　むずかしい

えがおと　えがおの
あふれる　せかい
それが　いよいよ　むずかしい

だから　ぼくは
きめたんです
ぼくが　えがおで　いることに

2023.6.26

## 生き逢ふ

生前母が使っていた言葉に
生き逢ふというのがあった
もう何十年も前のことだが
子供心に単に会うだけの人なのに
生き逢ふというのはちょっと
大げさ過ぎるように感じていた
それで未だに覚えている

生き逢ふとは
互いに生きながらえる。
生きながらえて、出会う。
という意味だそうだ
歳をとって時間ができたのはいいが
余命もだんだん少なくなる
そんな再会だった

若い頃一緒に遊んだ仲間たちと

50年ぶりに生き逢った
年齢的にはみな爺さん婆さんだが
あの頃の思い出を語れば
記憶の底から
青春の滾る思いが
迸るように蘇ってくる

人と人との間に流れる時間は
流れ去った時間ではない
その人と関わった時間なのだ
関わりを止めた瞬間に時計は止まる
そして生き逢へば再び動き出すのだ
あの頃と50年後の今が
忽ちつながる不思議——

僕らは単に会うのではない
母の言葉通り生き逢っているのだ
生者必滅・会者定離——
生きながらえて出会えたことは
何と幸運なことだろう
それはもしかしたら
奇跡なのかもしれない

2023.7.29

## 無限の空

ふだんは気にも止めないけれど
僕らは無限の空を見上げている
かつて
富岡多恵子という詩人は
人は生まれるとその体積分の空気を押しのけ
死ぬと元に戻るのだといった
それは大気といういわば無限の体積のなかの
ほんの些細な出来事である

そして僕は
いつもの散歩コースから
小貝川を眺め
常盤野の果ての筑波山を眺める
自然は僕らの寿命を遥かに超える時間を
平然と生き続けている
それを僕らはいとも簡単に
川とよび山とよび大地とよんでいるのだ

この無限の時空に
みずからを委ねるだけで
僕らは自由になれるのではないだろうか
自らの有限を肯い
良しとするだけで――
しかし人間は
永遠のいのちを願い
有限のいのちに抗い続けている

2023.9.23

## 言葉によって

僕らは母国語を
丸ごと受け入れて育っていく
言葉を受け入れることは
そこに含まれる一切のものを
ひとまず引き受けることだろう
言葉には普遍的なもの
民族的なもの・文化的なもの
歴史的なものなどが混然一体となって
溶け込んでいる
母の羊水を出ると
こんどは母国語の羊水のなかで
僕らは育っていくのだ

母国語のある部分は
普遍的な人間性をつくりだし
またある部分は
民族性をつくりだすのに役立つだろう
文化的なものや歴史的なものは
僕らの感受性やアイデンティティを
育むことだろう
そして為政者による教育は
従順な国民をつくることに費やされる
日本の学校は兵隊をつくるために
軍隊を模してつくられたという
その根本は今も変わっていない

さらに日本語そのものがもつ
言葉としての曖昧さは
哲学することを困難にし
責任の所在すら曖昧にしているかもしれない

たとえば「する」と「なる」という
動詞一つをとってみても
政治家は派遣法や消費税などの
格差拡大策を自ら実行しておきながら
「格差社会になる」などと平気でいってのける
母国語に意識的でなければ
僕らはそのまやかしに
気づくことはないだろう

言葉自体が広義の洗脳システムなら
政府によって支配された教育制度も
まさに洗脳システムだといえるだろう
とくに２００６年の教育基本法改正以来
社会や歴史といった教科は
常に政府の横やりにさらされている
２０１８年には道徳も教科化された
その国が民主的か否かは
だれが教師をえらび
どんな教科書で教えているかに拠るだろう
スウェーデンのように教師が
教科書を選べる国さえあるのだ

洗脳を解く鍵は
僕らがふと発した問のなかにある
だから折角の問を
君は簡単に手放してはいけない
卵を孵化させるように温め続けることだ
情報をさがし考えを巡らし
自ら答えを探していくことだ
それがほんとうの学びではないだろうか
そうやって学んだことと
教わったことのギャップに気づいたとき
君の前には見違えるような
新しい世界が広がっていることだろう

言葉によって
僕らは人とつながり
社会の一員となることができる
学校教育は僕らに
社会の構成員としての基礎的知識を与えてくれる
しかしそこには常に
為政者の影が忍び寄っている
しかも言葉自体が
僕らの思考を縛り邪魔することさえあるのだ

言葉に自覚的になることだ
そうすれば僕らは
二度と洗脳されることはないだろう

2023.8.11

## 銀行特権

天野統康《もとやす》さんの
『［詐欺］経済学原論』という本に出会って
僕は最近やっとそのことを知った
他でもない諸悪の根源についてである
こんなことをいうと
大ぼら吹きのように思われるかもしれないが
余り聞きなれない通貨発行権についての話だ
君はお金がどこで
どのように作られるか知っているだろうか
おそらく考えたこともないだろう
そうなんだ　とても大事なことを
僕らはすっかり忘れている
いや忘れるように仕向けられていたんだ

僕も詳しく教わったことはないけれど
それでも信用創造という言葉くらいは
君も聞いたことがあるだろう

銀行は借り手さえいれば
無からお金を作ることができる
手持ちの預金を貸している訳じゃない
その金額を借り手の口座に書くだけなんだ
銀行の帳簿上は
資産と負債（預金）の両方に同じ額が記載される
恰も借り手が借金額を預金したようなものだ
借り手はその瞬間から
自分の口座からそれを引き出して使うことができる
これは【信用創造】と呼ばれている
逆に返済時には全く逆のことが起こり
帳簿は文字通り帳消しにされるのだ
それが【信用破壊】だ　つまり
貸出しによって通貨は生まれ返済時に消滅する
こうして銀行の手元には
利子がしっかり残るという寸法だ
銀行はこの信用創造によって実質的に

通貨発行権を握っているというわけなのだ
もしこの仕組みがなかったら
銀行の仕事は身の丈程にしかならないだろう
この仕組みのお陰で
社会のニーズに合わせた
タイムリーな通貨供給ができるともいえる
実際には準備預金制度というものがあって
銀行は中央銀行に預けた持ち金の
100倍を超えるお金を融通できるといわれている
銀行だけがお金を作れるシステムは
【借金通貨システム】と呼ばれる
そして政府にできることは
税金徴収と国債を発行して借金することだけなのだ
通貨発行権――
これが特権でなくてなんであろう

しかし銀行はどうやって
この特権を手に入れたのだろう
実はそれは黒い歴史の所産なんだ
始まりはイングランド銀行だといわれている
創設者のウィリアム・パターソンが
戦争資金の見返りに紙幣の発行権を政府に要求したのだ

日本の中央銀行である日銀も
政府出資率55%民間出資率45%と
見かけは半官半民だが歴とした民間組織なのだ
政府が日銀総裁を任命するのは
カムフラージュに過ぎない
任命権はあっても解任権はないのだから――
さらに日銀の民間出資者は未だに不明である
実際黒い歴史は憲法にも及んでいる
意外なことに憲法にも通貨発行権に関する規定がない
占領下の憲法制定時拠り所とされた憲法にも
その規定がなかったからだという

こうして
通貨発行権は宙に浮いたまま
各国の中央銀行ひいてはそれを束ねる国際銀行権力に
実質的に握られているというわけなんだ
その結果何が起こったか
日本はまさにこの借金通貨システムの
餌食にされたのである
1980年代のバブルとその後の長期不況――
それが意図的に引き起こされたことを

君は知っているだろうか
その結果日本は今や
ＧＤＰの２００％を超える借金大国だ
国家予算の３割は毎年借金の穴埋めに充てられている
こんな異常事態が続いている国が他にあるだろうか
どうしてこんなことに
なってしまったのだろう

２０１６年に刊行された
天野統康さんのもう一つの著作
『［洗脳］政治学原論』は『［詐欺］経済学原論』の
続編である
その中で天野さんは
不動産バブルとその後のデフレ不況を
通貨供給量の観点から鮮やかに分析している
それは国際銀行権力による
日本型経済システムの一連の破壊工作だった
というのだ
そのために
通貨発行権を用いて意図的に景気変動を起こし
マスコミと学術機関を総動員して
現行の経済システムを貶めた

その結果日本はこの30年の間に
日本型産業資本主義から米国型株主資本主義へと
完全に変貌した
その背後にあるのは国際銀行権力にとって
日本型経済システムの隆盛が脅威だったという事実だ
彼らにとって株主資本主義の方が
はるかに旨味があるのだ

日本では対米従属政権
長期政権を維持するといわれる
小泉政権や安倍政権などがその好例だ
逆に対米自立政権は短期政権で終わる
日銀が金融政策によって景気をコントロールし
マスコミがそれを煽る形で支持率が変動するからだ
国際銀行権力の真の目的が利益の最大化なら
国民のための政治が行われることは決してないだろう
名目ＧＤＰは
通貨供給量×流通速度で計算される
大数の法則によって流通速度はほぼ一定だから
通貨供給量をコントロールできる銀行が
経済をコントロールできることになるのだ
それゆえ金融は沈黙の兵器と呼ばれたりもする

いわれてみれば
呆気ないほどシンプルな話だったのである

民主主義の目的は
「誰もが支配されない自由で平等な社会」
だと天野さんはいう
それを阻害する国際銀行権力はまさに
諸悪の根源なのではないだろうか
彼らが問題なのは透明性のない闇の権力だからだ
天野さんは政治学原論の最終章で
国際銀行権力に打ち勝つための提言をしている
それは闇の権力のもつ通貨発行権を取り戻し
政府通貨だけにするということだ
そのためには僕らが
闇の権力によって仕掛けられた
マインドコントロールを解き
民主主義の目的を再認識することだという
お金が生まれる仕組みを知ることからはじめよう
僕らはもう何百年も民主主義へのステップを
闇の権力にじゃまされ続けてきたのだ――

2023.7.23

*『世界を騙し続けた［詐欺］経済学原論』天野統康著
ヒカルランド
*『世界を騙し続けた［洗脳］政治学原論』天野統康著
ヒカルランド

## 絶対反戦

資本主義国の殆どの中央銀行は
民間なのだと最近になって知った
確かに政府は日銀の55%の株主だが
１９９７年の日本銀行法３条によって
その独立性が保証されているのだ
民主主義の国では
中央銀行が通貨発行権を握っている
さらに銀行は信用創造によって
無からお金を生み出すこともできる
どんな経緯でそうなったのか
そんな大きな特権が民間にあること自体驚きだ
その銀行の総元締めが
ＢＩＳ（国際決済銀行）だといわれている
そしてＢＩＳも日銀の株主も

メンバーは一切明かされていない

おそらく
とんでもないような資産家が
ＢＩＳにはいるのであろう
銀行はその特権によって
マネー総量をコントロールし
景気変動をも
創り出すことができるという
実質的に世界を動かしているのは
ひょっとしたら彼らなのではないだろうか
国家もまた彼らの支配下にある
とはいえないだろうか
歴史を辿れば
彼らは国王に戦費を貸し付けることで
飛躍的に富を増やしてきたといわれている
彼らは死の商人だったのだ

江戸時代の日本には
幕府に取り入ることで特権を得ていた
豪商と呼ばれる金持ちがいた
世界銀行権力はすでに何百年も
それを積み上げてきたといえるだろう
彼らは今やマスコミを牛耳り
軍事力を牛耳り
戦争を仕掛けているとさえいわれる
いやそればかりではない
地球の限りある資源のなかで
自らの果てしない欲望を満たすには
これ以上の人間は不要とばかりに
今や人減らし作戦が進行中なのだ
それが戦争であり
感染症なのではないだろうか

新型コロナパンデミックは
第三次世界大戦だといった人がいる
新型コロナウイルスは生物兵器なのだと――
パンデミックは巧妙に計画された
プランデミックだと揶揄されてもいるのだ
僕は忘れない
当時宰相も東京都知事も
口を揃えてウイルスを敵と呼んだことを――
戦争はまず敵を作ることから始まる
その最初の犠牲者は情報だといわれる

恐怖ばかりを煽る報道は
公的な情報のみを信じるように促し
YouTubeは
一切の反コロナ情報をBANした
情報統制が行われていたのである

すべての戦争は
人為的に作られたものだ
だれかが儲けるために戦争を仕組んでいるのだ
そんなことができるのは
世界を裏で操る彼らしかいないだろう
戦争は庶民の富を彼らに移動させる手段なのだ
それどころか庶民は紙切れ一つで
命を差し出せとまでいわれる
「戦争は巨大な強欲資本が行き詰まった消費を
拡大するために行うものだ」と
むのたけじさんはいった
「戦争は人殺しです」と寂聴さんは叫んだ
だから永六輔さんもいったのだ
「戦争なんてものは、
ただ反対してりゃいいんだよ」——

アジア太平洋戦争で
英語の通訳として陸軍に従軍した永瀬隆さんは
復員後の人生を妻の佳子さんとともに
タイへの慰霊の旅に捧げた
彼はいう
「戦争はするもんじゃない、絶対に」
戦火が止んでも
真の平和はすぐには訪れないだろう
戦争をすれば果てしない憎しみが残るからだ
その憎しみが消える前に戦争を繰り返してきたのが
人類ではなかったのか
それなのにどうして戦争で平和が築けようか
しかもその背後に彼らがいるとしたら——
双方に直ちに戦争はやめろと要求しよう
僕らは絶対反戦なのだ——

2023.8.11

## ずっと気になっていたこと

僕には何十年も前から

ずっと気になっていたことがある
仕事にかまけて深入りはしなかったけれど
あれからずっと気になったままだ
それはサラ金が銀行の傘下に収まった
というニュースだった
その頃の僕の認識では
銀行とサラ金は天と地ほどに違っていた
敢えていえば銀行は善で
サラ金は悪ぐらいの開きがあったのだ
そして最近読んだ『円の支配者』という本で
その謎がようやく解けたのである

「何となく気になる」というのは
僕らの無意識のセンサーが
どこか腑に落ちないものや
理不尽なもの
違和感のあるものなどを検知して
僕らに知らせてくれる
シグナルなのではないだろうか
改めて調べてみると2004年に
アコムは三菱UFJグループの傘下に
プロミスは三井住友グループの傘下に収まっていた

あれ程社会問題化したサラ金が
今でも殆ど生き残っているのだ

それどころか
1970年代から銀行はすでに
サラ金に対して資金供給していたという
『円の支配者』によれば
銀行は無からお金を作るという
大きな特権をもっている
それが信用創造である
銀行は大口の顧客に対しては
信用創造で作ったお金を直接融資し
小口の顧客に対しては
傘下のサラ金を通して
高金利でぼろ儲けしている

つまりサラ金だけが悪ではなく
銀行とサラ金は初めから結託していた
ということなのだ
殆どの民主主義国では
民間の組織である中央銀行と市中の銀行が
通貨発行権を握っているといわれる

日本では1997年の日本銀行法により
中央銀行が実質的に独立した
だから政府は銀行から借金するしかないのだ
通貨発行権を巡っては
戦費にまつわる黒い歴史があると
いわれている

ここで『円の支配者』(88頁) から
信用創造のプロセスを引用してみよう
あなたが銀行に千円預け、中央銀行は預金準備率を
一パーセントに設定しているとする。
この場合、銀行は九百九十円貸し出し、
十円 (千円の一%) を預金準備として用意する
と考えたくなる。
しかし、じつはそうならない。
そうではなく、
銀行はあなたの預金を百回まで貸し出すことができる。
銀行はあなたの新規預金千円をもとに、
十万円貸すことが可能なのだ。(あなたの預金千円は、
この十万円の一%として預金準備にあてられる)。
どうして、そんなことができるのか?
銀行は追加の十万円をどこで手に入れたのか?
どこからも手に入れてはいない。
銀行が無から創り出したのである。

二十年来の謎が解けて
僕は逆に暗澹たる気持ちになった
毎年日本の国家予算の1／3が
借金返済に消えていく
そして政府の借金の大半は
銀行が無から創り出して貸付けたものだったのだ
これほどの不公平がまたとあろうか
大手町・丸の内界隈には
大手銀行の本社ビルがそそり立っている
打出の小槌を振るたびに
ビルは高く高く伸びていったことだろう
まるで天を衝くかのように――

各国の中央銀行はさらに
世界の中央銀行と繋がって
闇の国際銀行権力として世界を牛耳っているらしい
通貨発行権という切り口でみると
世界の様相がまるで違って見えてくる
何か気になることがあったら

躊躇わずに調べてみることだ
僕は20年もほったらかしにしてしまったけれど
そこには何か重大なカラクリが
隠されているかもしれない
僕らの無意識のセンサーは
案外優秀なのではないだろうか

2023.7.31

＊『円の支配者』リチャード・A・ヴェルナー著　草思社

## 冷たい政府

僕はある時
近所の児童公園の蛇口から
大きなペットボトルに水を汲んでいる
お婆さんを見かけた
水道が壊れて断水したのだろうか
それとも
水道を止められてしまったのだろうか
お婆さんはただ黙々と
何本も水を汲んでいた

またある時
スーパーのイートインスペースで
無料のお茶を何杯も紙コップに充たしては
空のペットボトルに詰め替えている
お爺さんを見かけた
あれは
ただの節約術だったのだろうか
それとも茶葉も買えないほど
困窮していたのだろうか

コロナ騒動の最中に
ウクライナ戦争が始まって
あらゆるものが値上がりし出した
マスコミが原材料の高騰を吹聴すると
後は競うような値上げラッシュだ
企業はいい
値上げできるのだから――
しかし庶民にできることといったら
節約ぐらいのものだろう

口を開けば寄り添うという
政府はどうだろう
消費税率を下げた国はいくらもあるのに
この程度の高騰なら大丈夫だと
減税には知らんぷりだ
あのお爺さんお婆さんは
まともに食べられているのだろうか
税金は取るだけ取って
つくづく冷たい政府である――

2023.8.13

## 打出の小槌

資本主義が確立されて300年
明治政府が
西洋の仕組みを取り入れて150年
もはやだれも
ほかの世の中を知りません
この世の中では
お金を稼ぐ人が一番偉い人になりました
それは大企業の社長さんでしょうか
それとも自分で給料を決められる
代議士さんでしょうか

いやいや
ぼくも知らなかったけれど
世の中にはもっと偉い人がいたのです
それがお金を作る人たちです
お金を作るのは政府だと思っていませんか
実はそうではないのです
もし政府にお金が作れるのなら
どうして毎年
何十兆円もの国債を発行し
借金する必要があるのでしょう

だれかが貸してくれといえば
いつでもお金を作れる人たち
それが銀行家です
一番偉い人たちは銀行家だったのです
その理由は信用創造にあります
銀行家はいつでも
信用創造という打出の小槌で

無からお金を生み出せるのです
必要なのは借り手がいるという
たったそれだけ――――

そんなばかなと思うでしょう
僕もはじめはそう思いました
それなら銀行はいくらでも
お金を作ってしまうのではないでしょうか
国家も銀行の言い成りではないでしょうか
その通りです
大量のお金が
実体経済に向かえばインフレになり
金融経済に向かえばバブルを
引き起こすことさえできるのです

金融経済とは株や債券のことです
実際にモノやサービスを
お金と交換する実体経済に対し
金融経済は
お金のやり取りだけの「モノのない活動」
だといわれています
一説によると実体経済が

GDPの600兆円規模なのに対し
金融経済はその数倍から
数十倍ともいわれているのです

銀行家はその匙加減で
実体・金融双方の通貨供給量を
コントロールできるのです
自由に振れる打出の小槌は
既得権とはいえ
余りに絶大過ぎるのではないでしょうか
国家予算が100兆円規模なのに対し
2023年6月現在
日本の市中銀行の資産総額は
1925兆円だといわれています

貸出時に無から生まれたお金は
返済時には消滅します
それで帳尻が合うというわけです
お金は購買力です
銀行で無から生み出された購買力は
それが銀行に戻った時
再び無に帰るといえましょう

しかしその時
銀行の手元には莫大な利子が
利益として残るのです

2023.9.5

## 届いた言葉

僕の心の奥深く仕舞われた言葉が、きっと僕を突き動かしているのだろう。大事なのは、たくさんの情報ではない。たった一つの言葉だけでも、僕らは生きていくことができる。

木内みどりさんが始めた、ウェブラジオ番組「小さなラジオ」。その中で紹介された彼女のイラストの本『私にも絵が描けた！』は、売れれば売れるほど、赤字が膨らむのだと彼女が笑いながら明かしていた。

そんな価格にしたのは、もちろん彼女自身である。
「何でも、金・金・金、それがイヤなのよ」
木内さんは、そんなふうにもいっていた。

それは、彼女の小さなNO！　だったのかもしれない。彼女はその本を、できるだけ多くの人に届けたかっただけなのだろう。僕は何となくわかる気がした。

定価500円のその本が手元に届いたとき、僕は、彼女の言葉を反芻していた。「何でも、金・金・金、それがイヤなのよ」。その本の見開きには、彼女の直筆で、次のように書かれていた。

いろいろなつながりがあるようでうれしいです。
「小さなラジオ」これからも応援してください。
木内みどり　2019.3.19

ところが、小さなラジオはそれから一年も経たずに、突然打ち切られた。木内さんが滞在先の広島で急逝されたからである。2019年11月18日のことだった。僕は彼女と面識はない。ただ、番組の中で僕の反原発の詩「黒い海」を朗読して頂いた、一筋のあえかなご縁があるだけである。
僕にあの言葉を届けて、彼女は今天国にいる。

2023.9.7

*『私にも絵が描けた！』木内みどり著　小さなラジオ局　出版部

## 時の旅人

春は夏にゆずり
夏は秋にゆずり
秋は冬にゆずり
冬は春にゆずる

私たちは時の旅人
親は子をいつくしみ
子を育てあげ
子にゆずる

私たちは次の世代へ
社会をゆずり
国をゆずり
地球を丸ごとゆずる

ゆずるためには
自然を壊さぬことだ
美しいものを沢山知ることだ
命を愛しむことだ

雀の寿命は五年ほど
蟬の成虫は二週間
人間は
長くても百年か

星の巡りと人の巡り
雀も蟬も人間も
私たちはみな
生き切ってゆずる

2023.9.13

## もっとほんとうのこと

内閣は憲法73条の規定を逸脱して
法案を提出し
数の力で強行採決を繰り返している

それは民主的方法ではないけれど
一旦採決された法律は
どんなに憲法違反だといわれても
効力を発揮してしまう
憲法98条の
憲法に反する法律は無効という規定さえ
全く無いも同然なのだ
その上内閣総理大臣は
最高裁長官の任命権まで握っている
これでは三権分立どころか
三権融合ではあるまいか

さらに総理は
ＮＨＫの経営委員の任命権まで持っている
総務省はテレビや新聞の許認可権を握り
言論に横やりを入れているというのだから
聞いて呆れる
第四の権力といわれるマスコミだが
これでは四権融合と揶揄されても
仕方ないだろう
このような状態で
果たして言論の自由などあるのだろうか

情報は大丈夫か
大本営化されていないか
僕らは真っ先に
そう問うべきではないだろうか

テレビのニュース番組も
新聞の紙面も
すべてお膳立てされたものにすぎない
いわば情報の定食なのだ
僕らに知らされない情報は
一生涯知らされることはないだろう
２０１３年に制定された特定秘密保護法の闇は
どんどん膨らんでいるのだ
世界規模での情報操作や統制が進む中
僕らはどうやってほんとうの情報に
アクセスしたらいいのだろうか
幸い僕らは独自に情報を発信する人々を知っている
僕らはもっとほんとうのことを
彼らから学ばなければいけない――

2023.9.15

# つなぐ人々

僕らは学校で正史を学ぶ
正史では支配の正当性のみが強調される
呻吟する民衆の声は一切聞こえてこない
だれもが教わる大きな声の歴史といえよう
反対に小さな声の歴史は私史とよばれる
少数の人々によって語り継がれた
偽りのない歴史といってもいいだろう
君は戦争の最中に
反戦を貫いて殺された川柳人鶴　彬《つるあきら》
本名喜《き》多《た》一二《かつじ》を知っているだろうか

鶴が残した川柳は
次のような激烈なものである
万歳とあげて行った手を大陸において来た
屍のゐないニュース映画で勇ましい
塹壕で読む妹を売る手紙
修身にない孝行で淫売婦
タマ除けを産めよ増やせよ勲章をやろう
手と足をもいだ丸太にしてかへし

彼は官憲に捕らえられ29歳の若さで獄死する
１９３８年９月14日のことであった

佐高信さんの著書
『反戦川柳人鶴彬の獄死』（２０２３年）によれば
その彼を後世に残そうと奔走した人が三人いるという
川柳作家一叩人こと命尾小太郎さん
小説家の澤地久枝さん
そして川柳評論家の坂本幸四郎さんである
生前の鶴彬と一面識もない彼らは
おそらく鶴の作品に
魂を揺さぶられたのであろう
自らの意志でつながっていくのだ

一叩人さんが鶴彬を知ったのは
１９６３年12月アカハタ紙上でのことだ
その日を境に彼の生活は一変する
全国を渉猟し約10年の歳月をかけて
散逸した鶴作品を収集するのだ
なんという透徹した意志だろう
そして１９７３年から2年がかりで
全３巻９３５頁の記録をガリ版刷りで仕上げたという

しかしそれを活字にしようという出版社は
なかなか現れなかった――

1977年になって
漸くたいまつ社が名乗りあげる
こうして一巻本の『鶴彬全集』が初めて刊行されたのだ
しかしそれで終わりではない
一叩人による改訂作業はその後も精力的に続けられた
1996年頃一叩人を訪ねた澤地さんは
その増補改訂版の重たい原稿を託されることになる
バトンを受けた澤地さんも北國新聞紙上で
15歳の少年（ペンネーム喜多一児）の作品を
発掘することになるのだ

喜多一児として発表された作品は
次のようなものだったという
可憐なる母は私を生みました
魂がふと触れ合った或日です
暴風と海との恋をみましたか
早熟だった鶴はやがて
「川柳を武器とする作品」にのめり込んでいく
澤地さんは初期作品も含めた増補改訂版『鶴彬全集』を

1998年9月14日に限定500部出版する
鶴彬没後60年の命日であった

定価一万六千円のその全集は
それでも一年足らずで売り切れたという
「鶴に生き、鶴に死んだ」一叩人さんは
この出版を見届けた翌年の春
88歳で静かにこの世を去っている
さて三人目は坂本幸四郎さんだ
彼もまた鶴彬から目が離せなかったのだろう
『雪と炎のうた――田中五呂八と鶴彬』（1977年）
『井上剣花坊・鶴彬　川柳革新の旗手たち』（1990年）
と二冊の本を上梓している

反戦川柳人鶴彬――
彼の作品に共感した人びとが
作品を押し上げたといえるだろう
あるいは国家の手で殺された鶴彬を
人びとの手が掬い上げたといえるかもしれない
そこには戦争に抗う人々の意志が脈々と息づいている
『反戦川柳人鶴彬の獄死』のなかで佐高さんはいう

「万歳とあげて行った手」の前段には
「天皇陛下」が隠されているのだと――
私史とは僕らが知るべき抗いの歴史なのだ

2023.10.1

＊『反戦川柳人鶴彬の獄死』佐高信著　集英社
＊『鶴彬全集』一叩人編　たいまつ社
＊『雪と炎のうた――田中五呂八と鶴彬』坂本幸四郎著　たいまつ社
＊『井上剣花坊・鶴彬　川柳革新の旗手たち』坂本幸四郎著　リブロポート

## 言葉の種

心に蒔かれた種のように
僕のなかで
育っていく言葉がある
いつしかその言葉が
僕に勇気を与え
僕を動かす力になる
人の言葉の体温が
人を動かしているのだろう

絶対的な孤独を
君は想像したことがあるだろうか
浮かれ心のままでは
気付かないけれど
生まれるときも死ぬときも一人なのだ
と知ったとき
その寂しさはきっと
宇宙をも充たすことだろう

作家の須賀敦子さんは
それが孤独を確立することだ
といった
一人であることを
心底肯ったものたちが
互いに言葉を交わし
互いのいのちを讃え合い
共感し合うのだ！

孤独を確立する――
それは人間の可能性と限界を

そのまま受け入れることでもあるだろう
見知らぬ人々から
多くの言葉を戴いたお返しに
こんどは僕が
だれかの心に言葉の種を届けたい
ささやかな願いである

## 安いと便利と時間の関係

2023.9.29

トルストイ民話集に
火を粗末にすると――消せなくなる
というのがある
ちょっとした行き違いが嵩じて
とんでもない結末に至る隣家どうしの話だ
その言でいうなら
便利を求めすぎると――無能になる
のではないだろうか

パソコンを使い出してから
漢字が書けなくなった
パソコンではキーを打つだけで
字画をなぞる必要がないからだと思われる
それが便利であればあるほど
その依存度は深くなり
やがて手放せなくなるのだ
僕らは便利教の信者なのかもしれない

スマホの普及率は
二人以上の世帯では90％を超えたといわれる
猫も杓子もスマホである
スマホの機能を大別すれば
インターネットアクセス・通話・カメラ
アプリケーションなどだろう
そんな便利なスマホを
天邪鬼の僕は持っていない

その理由は
便利と引き換えに失うものが多いと思うからだ
例えばアプリの一つに道案内がある
予め目的地を入力すれば
指示に従うだけで目的地に到着できる

しかし誰かに道を尋ねなくてもいいというのは
誰かと話す折角のチャンスを
失うことではないだろうか

ＬＩＮＥやショートメールの多用は
直接話すことを敬遠させてしまうだろう
互いに忙しいので
相手の時間を割きたくないという
忖度が働くからだ
しかしそうやって
僕らは自ら分断を招いているのでは
ないだろうか

便利とは誰かの考案した
製品や機能や仕組みに縋ることだ
その目的は
大抵は時間の短縮だろう
そのため僕らは高い維持費を払って車を買い
お金を稼ぐために夜も働き
少し割高でもコンビニを利用する

さらには
少ないお金を有効に使おうと
安い商品に群がる
しかし安さの向こうには労働者の低賃金がある
結局僕らは労働力を安売りし
そのために長時間働かざるを得ず
多忙になって便利に縋るということを
繰り返している

この悪循環を断ち切る唯一の方法は
労働力を安売りしないことだ
残業なしで暮らせる給料を確保することだ
時給１５００円を掲げる政党を応援してもいい
そしてその前に便利に依存し過ぎないことだ
僕の俳友にどこへ行くにも鈍行でという人がいた
彼は移りゆく車窓の風景を
存分に楽しんだことだろう

よくよく考えてみれば
カーナビが無かった時代
僕らは道路地図を読むことができた
道に迷ったら道行く人に尋ねるだけでよかった
便利とは自分は何もしないで

他人の力を借りることでもあるのだ
それは僕らの主体性の喪失を
意味しないだろうか

2023.6.25

## 猫

足を折って
香箱座りをする
しっぽを体に巻き付けて座る
まるで時と場所を
心得ているかのように――
そして
しなやかな体を投げ出すか
丸くなって眠る
猫の居住まい佇まい
その体積が彼らの領分だ
きっちりその身一つで
彼らは生きている
猫ははみ出すことがない

それが美しい
人にも昔
清貧という言葉が
あった――

2023.12.28

## それだけのこと

知っていること
知らないこと
だから話し合えばいい
補い合えばいい
ただそれだけのこと

持っているもの
持っていないもの
だから分かち合えばいい
二人なら半分こ
ただそれだけのこと

どんな大金持ちでも
あの世にもっていけるのは
思い出だけだと
スティーブ・ジョブズはいった
それだけのことである

2023.12.26

## Ⅸ　2024年

### 和の構造

子供たちが
同じ子供を死に追いやる程の
いじめをするのは何故だろう
この社会には
何か途方もなく大きな欠陥が
ひそんでいるのではないだろうか
あまりにも当たり前すぎて
だれも欠陥だと気づかないような
いやむしろ
良いこととして奨励されているような――
ずっとそのことを
考え続けてきました

『スウェーデンの小学校社会科の教科書を読む』
という本に出合ったとき
グループには
民主的グループと権威的グループがあると
初めて知りました
そんな言葉があることさえ
知らなかったのです
そして僕が所属してきたのは
家族を除くと全て権威的グループであることに
愕然としたのです
権威的グループとは
見上げる人のいるグループです

民主的グループに一番近いのは
リーダーのいない
友達同士のグループでしょうか
リーダーがいない分
何かをやろうとすればとことん
話し合って決めなければなりません
恐ろしく効率が悪いので
軍隊も企業も採用していません
そればかりか

明治の初めに作られた学校も
採用しませんでした
学校は軍隊を模していたからです

足立力也さんは
『平和ってなんだろう』という著書のなかで
学校における統治者は常に教師であり、
生徒は卒業まで被統治者として据え置かれる。
主従が固定してしまっているところには、
民主主義はない。
と述べています
しかし日本はこの学校制度のもとで
１５０年以上も
子供たちを教育してきたのです
新憲法を制定したあとも
その制度が変わることはありませんでした

これでどうやって子供たちに
民主主義を教えるのでしょうか
スウェーデンは人口１０００万人程の国ですが
民主制を一番大切な価値として
国の基本に据えているそうです

ですから
他人を傷付けなければ何をいってもいいと
子供たちに教え実践しています
大人たちの役目は
子供達に民主制の価値を正しく伝え
子供たちが協力してより良い社会を作れるよう
後押しすることなのです

子供達一人一人が
ほんとうに大切なら
どうして
テストで順位付けする必要があるのでしょう
テストで付けた成績は
クラスの児童生徒を
横並びから縦並びへと変えてしまうのでは
ないでしょうか
できる子は自分を過信し
出来ない子は自分を卑下します
理不尽なたった一つの物差しが
人を序列化するのです

テストの導入によって

子供たちの中には
競争意識が生まれます
そのくせ一方ではみんな仲良くというのです
しかしその和は
とことん話し合って歩み寄り
相手との違いを乗り越えて達成された
獲得された和ではありません
とにかく仲良くしなさいといわれて
与えられた和なのです
規範として強制された和といっても
いいのかもしれません

和が強制され
自明のこととされて
話し合うことさえ奪われていくのです
その蟠りを解くにはとことん話し合って
お互いに気付くことしかないのに――
見かけ上は和気藹々を装いながら
裡に蟠りのマグマを抱え込んでいる
それが学校の姿なのではないでしょうか
先生がみんな仲良く
クラスは一つなどといえばいうほど

和を乱す人への憎悪は
膨らんでいくのではないでしょうか

大人になっても何も変わりません
社員1000名の会社の社長なら
会社のために全社一丸となれなどと
訓示することでしょう
一は団結の印なのです
その時1000名の社員一人一人は
自分のことはさて置き
あたかも1／1000のようになって
全社の1を創り出そうとするでしょう
いわゆる滅私奉公――
これが聖徳太子の教えとされる
「和を以て尊しとなす」の
実体ではないでしょうか

戦時中の国家総動員法のもとでは
「命は鴻毛よりも軽し」といわれたそうです
鴻毛は白鳥の羽のこと
国民はだれもが天皇の赤子といわれ
教育勅語は天皇のために命を差し出せと

命じていたのです
その頃の人口はおよそ7500万人
人々のいのちは1／7500万に
矮小化されていたのではないでしょうか
しかし守られるべき命だけは常に1だったのです
こうして庶民の7500万倍の相対的価値を
有していたというわけです

確かに全社一丸となった
和のエネルギーには凄まじいものがあるでしょう
しかし一丸となることに同意できない者は
戦時中は非国民とされたのです
いっぽう民主主義の国では1はどこまでも1です
所属する組織の人数Xによって
1／Xになることはないのです
スウェーデンの王様はぶらりと街にやってきて
一人でカフェに入ったりするのだと
スウェーデン在住の日本人が教えてくれました
生まれてから死ぬまで常に1であること
それが基本的人権です
君はいつでも1だよ

だから友達や担任の先生とも
校長先生とだって1対1で話すことができるよ
そう教えその通りに大人が実践することが
民主主義なのではないでしょうか
2017年
長崎県のある高校の2年生の男子生徒が
いじめを苦に自殺しました
第三者委員会がいじめと認定しても
学校側は認めず
両親に対し突然死か転校したことにしてくれと
もちかけたそうです

新型コロナワクチン接種直後に亡くなられた方が
既に2000人を超える事態になっています
それでも厚労省はワクチン接種を
一時停止して調べようとはしません
死亡者だけでなく
何万人もの人がワクチン接種後症候群で
苦しんでいるのです
厚労省にとって亡くなられた方々は
2000／1億2000万に過ぎないのでしょうか
「命は鴻毛よりも軽し」

こんなにも命を軽んじて
この国は未だに戦時中なのでしょうか

何があろうと
命も人権も常に1／1です
だれの命もだれの人権も同じなのです
憲法前文にはこう書かれています
われらは、全世界の国民が、ひとしく恐怖と欠乏から免かれ、平和のうちに生存する権利を有することを確認する。
私たちが獲得すべきは地球全体の和なのだと
先人たちはとっくに決意していたのです
この国の大人たちはもう一度
民主国家になるための覚悟を
決め直すときではないでしょうか

2024.2.7

*『スウェーデンの小学校社会科の教科書を読む』ヨーラン・スバネリッド著　新評論
*『平和ってなんだろう』足立力也著　岩波書店

## 剝き出しで

砂丘の砂がさらさらと
風に運ばれるように
僕らの今は音もなく退き
たちまち
新しい今がやってくる

過去は全て記憶の中に
仕舞いこまれ
僕らはいつも
新しい風に吹かれている
古い風などないのだから

ここには
僕の今と君の今と
生きとし生けるものたちの
それぞれの今が
あるだけだ

長年住んだ家も家具も

過去の遺物のように
同じ顔で並んでいるけれど
それも今ただいまの姿なのだ
僕らが気づかないだけで――

僕らは錯覚しているのだ
過去があり現在があり未来があると
しかしほんとうは
ただいまの今に
剥き出しで生きている

息を吐き息を吸って――

2024.1.20

## あやしうこそ――後書きに代えて

定年後は、緑の広がる田園地帯で暮らしています。毎日通っていた都会に出ることも、いまではめっきり少なくなりました。そのせいか、たまに都会の雑踏に揉まれて帰ってくると、胸の辺りが少し痛みます。きっと空気がよくなかったのでしょう。当たり前だった綺麗な空気は、もう都会にはありません。そんなところに、30年も通っていたなんて――。

定年前に描いていた通り、いまは俳句三昧の生活をしています。予想外だったのは、若い頃に書いていた詩をふたたび書き始めたことでした。テーマは僕から見える社会――。

先人が、「あやしうこそものぐるほしけれ」といった社会のあいも変わらぬ姿です。そして思いもよらないことに、作った詩を週一回駅頭で道行く人に配り始めたのです。

会社というちっぽけな世界に埋もれて、ほかの世界を見ることもなく、定年まで過ごしてしまいました。それでこの歳になって、学び直したことやようやく気づいたことを詩にしています。もっとも自分がそう呼んでいるだけで、はたしてこれが、詩といえるのかどうか――。

だれもがうすうす感じているように、知れば知るほど酷い世の中です。金の力が世の中を動かしています。資本主義が数百年にわたって積み上げ、新自由主義が加速させた経済格差はこのまま固定されてしまうのでしょうか。それとも、溜まりにたまった地震のエネルギーのように、どこかでカタストロフがくるのでしょうか。ただ『風の谷のナウシカ』のような世界にだけはなってほしくないと願っています。

まるで歴史を逆行するかのように、いのちの尊厳が踏みにじられています。未熟な人間が、残虐な兵器を手にしています。人類が兵器開発にかける情熱とは、いったい何なのでしょう。この先に待っているのは、自由とか自律からは無縁の新しい奴隷社会なのでしょうか。新自由主義のブルドーザーが、世界の地ならしを始めて40年、それは結局、1％のための自由に過ぎませんでした。

巨大な資本が、水を奪い種子を独占し、情報をコントロールしています。隠された情報にアクセスできるのは、おそらくほんの一握りの隠した側の人たちなのでしょう。僕にはこれほどまでに普及したスマホが、個人用の遠隔コントローラーに思えてならないのです。

それでも人々は嬉々として、スマホに身を委ねているように見えます。便利でお得というだけで飛びついています。僕らは情報に踊らされているのです。なぜなら、僕らが個人や独立系メディアの情報に意識的にアクセスするのでなければ、ホントの情報には到底たどり着けないからです。マスメディアの情報は、すでに人々をコントロールするために選別され、捏造されているのですから――。

そこにどんな意図が潜んでいるのか、目を凝らし、耳をそばだてています。僕らが事実を知ろうともせず、流言蜚語に踊らされ、敵という言葉を安易に使いだしたら要注意です。戦争がすぐそこまで来ているかもしれません。戦争で「真っ先に死ぬのは情報」、そして戦争は「敵を作ることから始まる」といわれています。あやしうこそものぐるほしけれ――。僕の疑いは愈々晴れそうにないのです。

２０２３年11月25日　自宅にて

金子　つとむ（かねこ　つとむ）

金子勤（かねこつとむ）俳号：金子つとむ
1954年千葉県野田市生まれ。木更津工業高等専門学校卒。1978年富士ゼロックス㈱入社、上司の朝妻力氏（現雲の峰主宰）の知遇を得て俳句の世界へ。1989年朝妻氏の紹介により、春耕入会、1993年春耕同人（2009年退会）。2000年雲の峰（旧俳句通信）結成時に同人参加。2014年定年退職。2015年地元茨城県取手市にてひばり句会結成。地元での活動に専念するため、2017年雲の峰退会。東日本大震災による原発事故を機に、長らく中断していた詩作を40年ぶりに再開。現在に至る。
フジシローネの物語：https://fujishiro-ne.sakura.ne.jp/
投票クラブ：https://t-club.sakura.ne.jp/

【著書】
『俳の森』（東京図書出版）

**詩集　もっとほんとうのこと**

2024年７月11日　初版第１刷発行

著　　者　金子つとむ
発 行 者　中 田 典 昭
発 行 所　東京図書出版
発行発売　株式会社 リフレ出版
〒112-0001　東京都文京区白山 5-4-1-2F
電話 (03)6772-7906　FAX 0120-41-8080
印　　刷　株式会社 ブレイン


ISBN978-4-86641-775-2 C0092
Printed in Japan 2024